COLLECTION
FOLIO BILINGUE

Iouri Kazakov

На полустанке

и другие рассказы

La petite gare

et autres récits

*Traduit du russe
par Robert Philippon*

*Traduction révisée
par Simone Sentz-Michel*

Préface de Lily Denis

Gallimard

Ces nouvelles sont extraites de *La petite gare* (L'Imaginaire n° 414).

© *Éditions Gallimard, 1962, pour la traduction française,
et 2009, pour la présente édition.*

PRÉFACE

Mon Dieu,
c'est moi qui ai écrit cela !

Lorsque Aragon publia le recueil de La petite gare *en traduction française dans sa collection des* Littératures soviétiques, *ce fut un véritable triomphe. Les trois nouvelles de ce petit volume l'illustrent pleinement.*

Voilà que parmi la foule des écrivains dont les œuvres étaient consacrées – et souvent à juste titre – à l'héroïsme du travail, de la guerre, du progrès, s'épanouissait autre chose : un chant lyrique traversé du vaste souffle de la Nature, le langage d'un homme qui, à sa façon, se vouait ou vouait ses semblables à la quête du bonheur. Prodiguait ce bonheur à pleines mains ou sa déception à pleines larmes.

Iouri Kazakov est né à Moscou en 1927. Il y est mort en 1982. En authentique Moscovite, croirait-on.

Mais non, il haïssait la ville où s'étaient installés ses parents, originaires de Smolensk. Mal adaptés, ils vivaient dans la mésentente et n'apportaient aucun encouragement aux aspirations esthétiques de leur fils. Il haïssait son éducation ou plutôt son absence d'éducation : « Il n'y avait pas un homme instruit dans notre famille. »

Alors, d'où est venue sa première vocation, celle de la musique ? Comment a-t-il trouvé la voie du Conservatoire ? Car à quinze ans, il était brillamment admis dans la classe de violoncelle et, plus tard, dans celle de contrebasse. (On ne peut s'empêcher de remarquer en passant que ses instruments de prédilection étaient en rapport avec sa taille massive et sa lourde personne.) Il comptait bien faire carrière dans la musique, mais il ne trouva de place de titulaire dans aucun orchestre symphonique, seulement quelques engagements occasionnels, ou dans des formations de jazz parfaitement inconnues, de modestes pistes de danse.

Une autre vocation croissait en lui, celle d'écrire. Ce furent d'abord des vers, des pièces et des articles dans Le Sport soviétique *— le choix était mauvais, tout fut refusé. Néanmoins, bien conseillé par Paoustovski, écrivain respecté de toute l'intelligentsia, maître des félicités simples et de la noblesse de cœur qu'il considérait comme son mentor, il entra à l'Institut littéraire Gorki. À vingt-neuf ans, il publiait ses premières nouvelles (*Le bleu et le vert, La laide, Arcturus, chien

courant). *D'autres suivirent, dont* La petite gare *qui consacra sa réussite.*

Alors, il ne connut ni imperfections ni tâtonnements, il ignora ce que l'on appelle les années d'apprentissage. Dès le début, cet enfant des villes, ce fuyard des villes avait trouvé sa veine spontanée et son milieu vital dans le Grand Nord dont la nature, les mœurs, les hommes étaient pour lui la Russie profonde qu'il portait dans son cœur, qu'il explorait avec ferveur, parcourant les terres giboyeuses, seul ou en compagnie de chasseurs du lieu, sondant les étangs et les rivières avec les pêcheurs tandis que les odeurs, les bruits et les chansons se répondaient.

« *Je faisais de l'escalade, je chassais, je pêchais, j'enchaînais de longues randonnées, je couchais au petit bonheur la chance, j'observais, j'écoutais, je me gravais tout dans la mémoire.* »

Il s'attendrissait de la rugosité des écorces, de la douceur des étoiles, et des mille éléments qui font la beauté de la Terre. Rien n'y est factice, la forêt n'a rien de convenu, de menaçant, elle dresse plutôt ses grands troncs élancés comme autant de repères clairsemés qui jalonnent les foulées du marcheur, tandis que le clapotis lourd des marais, les ciels couleur de cendre, parfois vides et déserts, parfois tamisés d'étoiles, gemmes multicolores vacillant au gré des brouées qui s'effilochent dans le vent.

Les étoiles... Vénus, goutte de pureté... « *Que cette nuit est belle et quelle fameuse chose que la vie (...) dit-*

il en posant la main sur l'épaule tiède de sa femme. Est-ce que tu vois les étoiles ? » — Car il avait envie, sans trop savoir pourquoi, de voir les étoiles.

*

Et si l'on gagnait « la Mer du Grand Nord, avec ses inquiétantes aurores boréales, et puis aussi ses phares dans la nuit brumeuse, avec le scintillement aveuglant de leurs pinceaux de lumière qui glissaient sur une forêt morte... »
Les feux de bois sont partout, flamboyants, réchauffant chemineaux et randonneurs qui parfois se les partagent, ranimés par les gamins qui leur font compagnie, eux aussi en quête de proies.
*Parfois, de bonnes rasades de vodka animent les propos de personnages rudes et sans-souci (*La petite gare*). C'est que si, à l'image de Kazakov, ils sont ouverts à la compassion, à la gentillesse, au scrupule (*Nocturne*), ils refusent aussi toute contrainte, ne résistent pas au « mal russe*[1] *», ne ménagent plus rien ni personne. Alors on y va de boutades saumâtres comme celle-ci (*Lettre de Kazakov à Victor Konetski*) : « Trois nouvelles en trois jour, mon vieux ! Et à présent, j'écluse de la bière comme un chef en me tapant des gardons fumés. Je me fous pas mal de vos Heming-*

---

1. C'est ainsi que les Russes eux-mêmes appellent leur goût démesuré pour la boisson.

way et consorts. Moi, ce sont mes nouvelles à moi qui me mettent l'âme en feu, qui brûlent d'être publiées. »

Entre l'homme en quête du sublime et le joyeux compère, il y a un monde, celui d'une personnalité qui, nous le verrons souvent, regorge de paradoxes, celle d'un écrivain féru des motifs qui peuplent son univers : dans nombre de ses nouvelles, les destinées des voyageurs arrivants ou accueillis se nouent dans de modestes haltes tenues par un employé qui tient plus d'un paysan que d'un fonctionnaire. Les trains sont rares, les journées sont longues, l'attente des uns est rageuse, celle des autres est douce et dispose. Les départs mettent fin à un bonheur un instant entrevu, font croire que l'on est passé à côté de la vie.

Personnage d'un abord difficile, bègue de surcroît, la figure molle et endormie, dès que Kazakov prend la plume, il s'épanouit de tendresse envers tout ce qui peuple les alentours : végétaux, animaux, humains, feux de bois qui piquettent les bords d'eau, les clairières et les tertres. De tendresse, oui, c'est bien le mot que l'on retrouve au sein d'une palette verbale sans mièvrerie aucune, à la limite du silence, et pourtant poignante.
À qui va-t-elle ?
À des femmes qui, loin d'être fortes, assument une vie difficile, le plus souvent en proie au vent du malheur, guettant sous le toit de leurs piètres isbas le retour de leurs compagnons ou de leurs fils toujours en partance

*sur la mer. À des jeunes filles confiantes qui suscitent sa compassion, délaissées qu'elles sont par des butors vaniteux (*La petite gare*). À des hommes rudes, gens du cru en quête de provende, ou citadins de professions diverses venus se retremper dans les jeux de la nature, comme Kazakov lui-même, et qui, à l'exemple des gamins du pays (*Nocturne*), se livrent à des parties de pêche dans les étangs et les rivières ou s'en vont chasser dans la forêt clairsemée, ranimant l'une des images favorites de l'auteur, celle des feux de bois qui tantôt ponctuent le paysage, tantôt s'empanachent de fumée, et se perdent dans des traînées de brume immobile dont le flou encotonne les friches terraquées. Et que de fois aussi, Kazakov évoque les odeurs sylvestres, les bruits insolites qui résonnent sur les sentiers, et surtout le chant des compagnons en quête de butin, des flotteurs de bois, des passeurs, des garde-bouées. Tout en exerçant leur métier, ils se livrent aux divertissements virils des hommes des bois, et ils chantent. Ah, oui ! ils chantent et leurs chansons sont les messagères d'un monde poétique singulier où s'incarne la communion de l'homme solitaire avec la nature (*Une matinée tranquille *et* Nocturne), immense symbole dont chaque aube fête un renouveau plein de lumière, calme et rassurant, exalte le désir de « faire danser la vie ».*

Nous l'avons dit : la France et une bonne partie de l'Europe sont entrées sans coup férir dans cette danse, de même que les lecteurs russes qui ont retrouvé dans

ses personnages leur sensibilité d'autrefois, leur nostalgie foncière, leur faconde, leurs impulsions violentes et chaudes, et, pour les meilleurs d'entre eux, leur générosité.

Pourtant, auprès de ses concitoyens, la célébrité de Kazakov demeura fragile. Contestée par le lectorat bien-pensant, son attitude prêtait trop le flanc à la critique, sa nature sauvage et solitaire, son goût trop affiché de la liberté suscitaient l'antipathie : « Il n'y a qu'une chose qui compte, c'est d'avoir l'âme libre et indépendante (...) et la soif joyeuse de la vie. » Et puis il se tenait à l'écart des engagements politiques à une époque où l'on avait vite fait d'assimiler les anticonformistes à des ennemis du peuple. Au point qu'il s'est trouvé des vandales pour incendier sa maison de campagne et, après sa mort, pour marteler sa plaque mémoriale de Moscou.

Alors qu'un journaliste lui demandait : « Vous représentez-vous vos lecteurs ? » Il avoua : « Pas du tout, je n'ai jamais vu dans un wagon de métro ou de train, ni dans une bibliothèque quelqu'un lire un de mes livres.

D'ailleurs, il se produit quelque chose de bizarre avec mes œuvres, c'est comme si elles n'avaient jamais existé. J'ai assisté à quelques réunions littéraires assorties, comme c'est l'usage, d'une signature et d'une vente des livres. En quête de dédicaces, le public se pressait autour de mes collègues. Moi, je demeurais seul,

on me laissait à l'écart, à croire que ce que j'avais publié avait disparu dans un gouffre sans fond. »

On peut voir ici l'écho d'une susceptibilité à vif, de l'amertume d'un être qui n'a pas compris que par moment, il faisait sa propre infortune, alors qu'à d'autres il vivait dans l'enchantement des bonheurs imprévus et les apportait aux autres grâce à sa sensibilité, sa conscience du beau.

« *Malheur à l'écrivain qui ne voit pas la lumière cachée du monde, ne sent pas son odeur fugitive, pour qui le* mot *ne se réchauffe pas à ses mots. C'est pourtant le seul moment où* il existe pour de bon, *un moment que tout homme doit connaître.* »

LILY DENIS

На полустанке
и другие рассказы

La petite gare
et autres récits

На полустанке

La petite gare

Была пасмурная холодная осень. Низкое бревенчатое здание небольшой станции почернело от дождей. Второй день дул резкий северный ветер, свистел в чердачном окне, гудел в станционном колоколе, сильно раскачивал голые сучья берез.

У сломанной коновязи, низко свесив голову, расставив оплывшие ноги, стояла лошадь. Ветер откидывал у ней хвост на сторону, шевелил гривой, сеном на телеге, дергал за поводья. Но лошадь не поднимала головы и не открывала глаз: должно быть, думала о чем-то тяжелом или дремала.

Возле телеги на чемодане сидел вихрастый рябой парень в кожаном пальто, с грубым, тяжелым и плоским лицом. Он частыми затяжками курил дешевую папиросу,

1

C'était un automne gris et froid. Le baraquement bas en rondins de la petite gare avait noirci à cause des pluies. Depuis la veille, un âpre vent du nord soufflait par la fenêtre du grenier, grondait dans la cloche de la gare, secouait avec violence les branches nues des bouleaux.

Près d'un piquet brisé se tenait un cheval, la tête complètement baissée, les pattes enflées, largement écartées. Le vent rabattait sa queue sur le côté, faisait remuer sa crinière et le foin de la charrette, malmenait les rênes. Mais le cheval ne relevait pas la tête et n'ouvrait pas les yeux : sans doute agitait-il de sombres pensées ou bien il somnolait.

À côté de la charrette, assis sur une valise, il y avait un gars ébouriffé et grêlé, en manteau de cuir, le visage plat, lourd et grossier. Il fumait à bouffées rapides une cigarette bon marché,

сплевывал, поглаживал подбородок красной короткопалой рукой, угрюмо смотрел в землю.

Рядом с ним стояла девушка с припухшими глазами и выбившейся из-под платка прядью волос. В лице ее, бледном и усталом, не было уже ни надежды, ни желания; оно казалось холодным, равнодушным. И только в тоскующих темных глазах ее притаилось что-то болезненно-невысказанное. Она терпеливо переступала короткими ногами в грязных ботиках, старалась стать спиной к ветру, не отрываясь смотрела на белое хрящеватое ухо парня.

Со слабым шорохом катились по перрону листья, собирались в кучи, шептались тоскливо о чем-то своем, потом, разгоняемые ветром, снова крутились по сырой земле, попадали в лужи и, прижавшись к воде, затихали. Кругом было сыро и зябко...

— Вот она, жизнь-то, как повернулась, а? — заговорил вдруг парень и усмехнулся одними губами. — Теперь мое дело — порядок! — Чего мне теперь в колхозе? Дом? Дом пускай матери с сестрой достается, не жалко. Я в область явлюсь,

crachait, se frottait le menton d'une main rouge aux doigts courts et fixait la terre d'un air maussade.

Près de lui se tenait une jeune fille aux yeux gonflés, dont le foulard laissait échapper une mèche de cheveux. Sur son visage, blême et fatigué, il n'y avait déjà plus ni espoir ni désir ; il semblait froid, indifférent. Et c'est seulement dans ses yeux sombres et pleins de détresse que se cachait quelque chose de maladif et de secret. Elle piétinait patiemment, ses jambes courtes dans des bottes boueuses, et s'efforçait de rester le dos au vent, sans détacher son regard de l'oreille blanche et cartilagineuse du gars.

Avec un faible bruissement, des feuilles roulaient sur le quai, se rassemblaient en tas, chuchotaient avec mélancolie une histoire qui les concernait, puis, dispersées par le vent, se remettaient à tourbillonner sur la terre humide, roulaient dans les flaques, et enfin, plaquées à la surface de l'eau, s'apaisaient. Tout, alentour, était humide et froid...

— Regarde un peu, la vie, comme elle a tourné, hein ? fit soudain le garçon en souriant malicieusement du bout des lèvres. Maintenant pour moi, ça colle ! Qu'est-ce que j'en ai à faire, maintenant, du kolkhoze ? La maison ? Eh bien, qu'elle revienne à ma mère et à ma sœur, pas de regret ! Je n'ai qu'à aller au chef-lieu,

сейчас мне тренера дадут, опять же квартиру... Штангисты-то у нас какие? На соревнованиях был, видал: самолучшие еле на первый разряд идут. А я вон норму мастера жиманул запросто! Чуешь?

— А я как же? — тихо спросила девушка.

— Ты-то? — Парень покосился на нее, кашлянул. — Говорено было. Дай огляжусь — приеду. Мне сейчас некогда... Мне на рекорды давить надо. В Москву еще поеду, я им там дам жизни. Мне вот одного жалко: не знал я той механики раньше. А то бы давно... Как они там живут? Тренируются... А у меня сила нутряная, ты погоди маленько, я их там всех вместе поприжму. За границу ездить буду, житуха начнется — дай Бог! Н-да... А к тебе приеду... Я потом это... напишу.

Вдали послышался слабый, неясный шум поезда; унылую тишину хмурого дня прорезал тонкий тягучий гудок; дверь станции хлопнула, на перрон, прячась в воротник шинели, вышел начальник станции с заспанным лицом, в красной фуражке с темными пятнами мазута.

on me donnera tout de suite un entraîneur, un nouveau logement... Les haltérophiles, chez nous, c'est quoi ? J'ai été à des compétitions, j'ai bien vu : les meilleurs ont de la peine à passer en première catégorie. Et moi pour devenir maître ès sports, j'ai décroché ça en moins que rien. Tu piges ?

— Mais moi alors, qu'est-ce que je deviens ? demanda doucement la jeune fille.

— Toi ? — Le gars lui jeta un coup d'œil, toussa. — On en a déjà causé. Laisse-moi me retourner, je reviendrai. Tout de suite, je n'ai pas le temps... Il faut que j'en mette un coup pour les records. J'irai aussi à Moscou, je leur en ferai voir, là-bas. Je ne regrette qu'une chose : ne pas avoir connu plus tôt cette combine. Sinon, il y a longtemps que je serais... Comment ils vivent, là-bas ? Ils s'entraînent... Tandis que moi, j'ai une force à l'intérieur, attends un peu, je vais te les mettre au pas, tous. Je voyagerai à l'étranger, ce sera la bonne vie... si tout va bien ! M-ou-ais... Mais je viendrai te voir... Et puis, tout ça... je t'écrirai !

Au loin, on entendit le bruit du train, faible, indistinct. Le silence mélancolique de ce jour maussade fut traversé par un coup de sifflet grêle et traînant ; la porte de la gare claqua et, à l'abri dans le col de sa capote, le chef de gare sortit sur le quai, le visage ensommeillé sous une casquette rouge souillée de taches noires de mazout.

Он покосился на одиноких пассажиров, вытащил папиросу, помял ее в пальцах, понюхал и, посмотрев на небо, спрятал в карман. Потом, зевнув, сипло спросил:

— Какой вагон?

Парень тяжело повернул голову на короткой толстой шее, посмотрел на новые калоши начальника станции, полез за билетом.

— Девятый. А что?

— Ну-ну... — пробормотал начальник и снова зевнул. — Девятый, говоришь? Так... Девятый. А погода — сволочь. Ох-хо-хо...

Отвернулся и, обходя лужи, побрел к багажному отделению. Поезд показался из-за леса, быстро приблизился, сбавляя ход, прокричал еще раз, устало и тонко. Парень поднялся, бросил папиросу, посмотрел на девушку: та силилась улыбнуться, но губы не слушались, тряслись.

— А ну, хватит! — проворчал парень, нагибаясь за чемоданом. — Слыхала? Хватит, я говорю!

Они медленно пошли по перрону навстречу поезду. Девушка

Il jeta un coup d'œil sur les voyageurs solitaires, prit une cigarette, la pétrit entre ses doigts, la flaira, regarda le ciel et la fit disparaître dans sa poche. Puis, après avoir bâillé, il demanda d'une voix enrouée :

— Quelle voiture ?

Le gars tourna péniblement la tête sur son cou épais et court, examina les caoutchoucs[1] neufs du chef de gare, chercha son billet dans sa poche.

— La neuf. Et après ?

— C'est bon, c'est bon, marmonna le chef de gare qui se remit à bâiller. La voiture neuf, tu dis ? Ah ! oui... La neuf... Mais quel temps !... un vrai temps de cochon ! Ah, là, là !...

Il se détourna et, contournant les flaques d'eau, se traîna vers le bureau des bagages. Le train apparut, sortant de la forêt, approcha rapidement, ralentit sa marche, lança encore un cri faible et fatigué. Le gars se leva, jeta sa cigarette, regarda la jeune fille : elle essayait de sourire, mais ses lèvres n'obéissaient pas, elles tremblaient.

— Allons, ça suffit, grommela-t-il en se baissant pour prendre sa valise. T'as entendu ? Ça suffit, je te dis !

Ils suivirent lentement le quai, à la rencontre du train. La jeune fille

---

1. Caoutchoucs : sorte de sabots en caoutchouc que l'on enfile habituellement par-dessus les chaussures pour les protéger.

жадно заглядывала парню в лицо, держалась за рукав, говорила, путаясь и торопясь:

— Ты там берегись, слишком-то не подымай... А то жила какая-нибудь лопнет... О себе подумай, не надрывайся... Я что? Я ждать буду! В газетах про тебя искать буду... Ты обо мне не мечтай. Так я это, люблю тебя, вот и плачу, думаю...

— А ну, брось! — сказал парень. — Сказано — приеду...

Мимо них, сотрясая землю, прошел паровоз, обдав их теплом и влажным паром. Потом всё медленней и медленней пошли усталые вагоны: один, другой, третий...

— Вон девятый! — быстро сказала девушка. — Подождем!

Вагон мягко остановился возле них. В тамбуре толпились измятые, бледные пассажиры, с любопытством выглядывали наружу. За окном стоял толстый небритый человек в полосатой пижаме и, наморщив маленький пухлый лобик, ожесточенно дергал раму. Рама не поддавалась, и пассажир страдальчески морщился. Наконец ему удалось открыть окно, он сейчас же высунулся, оглядывая с близорукой улыбкой полустанок, увидел девушку, еще шире улыбнулся и слабо закричал:

accrochée à la manche du garçon le dévorait des yeux, et parlait en s'embrouillant dans sa précipitation :

— Fais attention à toi là-bas, ne soulève pas de poids trop lourds... sinon, tu te ferais claquer un muscle... Pense un peu à toi, ne t'esquinte pas... Moi, ce que je ferai ? J'attendrai ! Je chercherai dans les journaux si on parle de toi... Toi, ne rêve pas à moi. Moi... tellement... je t'aime tellement, et voilà que je pleure, je pense...

— Allons, arrête ! dit le garçon. On l'a dit, je viendrai...

La locomotive les dépassa, faisant trembler la terre, les enveloppa d'une vapeur chaude et humide. Puis, de plus en plus lents, les wagons fatigués défilèrent, le premier, le deuxième, le troisième...

— Voilà la voiture neuf, dit rapidement la jeune fille, attendons !

Le wagon s'arrêta mollement près d'eux. Derrière la portière se pressaient des voyageurs fripés et blêmes qui regardaient dehors avec curiosité. Debout, derrière une fenêtre, un gros homme pas rasé en pyjama rayé. Ridant son petit front bas et replet, il tirait avec acharnement sur la poignée de la vitre. Mais elle ne cédait pas et le voyageur grimaçait d'un air douloureux. Enfin il réussit à l'ouvrir, aussitôt il se pencha au-dehors, examina la petite gare avec un sourire myope, aperçut la jeune fille, sourit encore plus largement et lui demanda d'une voix faible :

— Девушка, это какая станция?

— Луданка, — сипло сказал проводник.

— Базар есть? — спросил человек в пижаме, по-прежнему глядя на девушку.

— Нету базара, — опять отозвался проводник. — Две минуты стоим.

— Как же так? — изумился пассажир, всё еще глядя на девушку.

— Закройте окно! — попросили из вагона капризным голосом.

Человек в пижаме завертелся, показывая пухлую спину, потом, жалко улыбаясь, закрыл окно и вдруг исчез, будто провалился.

Парень поставил чемодан на подножку вагона, повернулся к девушке.

— Ну, прощай, что ли, — тяжело проговорил он и сунул руки в карманы.

У девушки поползли по щекам слезы. Она всхлипнула, уткнулась лицом парню в плечо.

— Скучно мне будет, — шептала она. — Пиши почаще-то... Слышишь? Пиши-и... Ведь приедешь?

— Сказано уже, — неохотно и испуганно говорил парень. — Оботри слезы-то... Ну!

— Да я ничего, — шептала девушка, задыхаясь, быстро, по-беличьи отирая слезы и влюбленно глядя в лицо парню. — Одна я остаюсь. Помни, о чем говорили-то...

— Mademoiselle, c'est quelle gare ?
— Loudanka, dit un contrôleur enroué.
— Il y a un marché ? demanda l'homme au pyjama, sans cesser de regarder la jeune fille.
— Non, y en a pas, répondit de nouveau le contrôleur. Deux minutes d'arrêt.
— Pas possible ? s'étonna le voyageur sans quitter la jeune fille des yeux.
— Fermez la fenêtre ! demandait-on dans le wagon, d'une voix capricieuse.

L'homme au pyjama se tourna et se retourna, découvrant un dos replet, puis, avec un pauvre sourire, il referma la fenêtre et disparut soudain, comme volatilisé.

Le gars posa sa valise sur le marchepied du wagon, se retourna vers la jeune fille.

— Bon, adieu, hein, prononça-t-il avec peine, en mettant ses mains dans ses poches.

Des larmes roulèrent sur les joues de la jeune fille. Elle éclata en sanglots, enfouit son visage dans l'épaule du garçon.

— Je vais m'ennuyer, murmura-t-elle. Écris de temps en temps, dis... Tu entends ? Écris... Tu viendras, hein ?

— On l'a dit déjà, répétait-il à contrecœur, effrayé. Essuie tes larmes... Allez !

— Non, mais c'est rien, murmura-t-elle en suffoquant, essuyant rapidement ses larmes, comme un écureuil, et regardant avec amour le visage du garçon. Je vais rester seule. Rappelle-toi ce qu'on a dit...

— Я помню, мне что! — хмуро бормотал парень, задирая голову и поводя глазами.

— А мне... Я всю жизнь для тебя... Ты знай это!

— Сказано... — бубнил парень, равнодушно глядя себе под ноги.

Два раза надтреснуто, жидко ударил колокол.

— Гражданин, попроши в вагон, останетесь... — сказал проводник и первым полез торопливо на площадку.

Девушка побледнела, схватилась рукою за рот.

— Вася! — закричала она и невидящим взглядом посмотрела на пассажиров: те сразу отвернулись. — Вася! По... поцелуй же меня...

— Мне что... — пробормотал парень, затравленно покосился назад и нагнулся к девушке. Потом выпрямился, словно кончил тяжелую работу, вскочил на подножку. Девушка тихо ахнула, закусила прыгающую губу, закрыла лицо руками, но тотчас отняла руки...

Под вагонами зашипело, сдавленно крикнул впереди паровоз, и так же сдавленно отозвалось из леса короткое, глухое эхо. Вагоны едва уловимо тронулись.

— Je me rappelle. Qu'est-ce que ça peut me faire... bredouillait-il d'un air sombre, relevant la tête et roulant les yeux.

— Mais moi... Je ne vis que pour toi... Sache-le !

— On l'a dit, bougonna-t-il en regardant à ses pieds avec indifférence.

Par deux fois la cloche rendit un son grêle et fêlé.

— Citoyen, en voiture, s'il vous plaît ! Vous allez rester là ! dit le chef de train en se hâtant le premier de grimper sur la plate-forme.

La jeune fille pâlit, plaqua sa main sur sa bouche.

— Vassia ! cria-t-elle, et d'un œil absent elle regarda les voyageurs : ils se détournèrent aussitôt. Vassia ! Em... embrasse-moi...

— Qu'est-ce que ça peut me faire, marmonna le garçon qui se rejeta en arrière d'un air excédé, et se pencha sur la jeune fille. Puis il se redressa comme s'il avait achevé un pénible travail et bondit sur le marchepied. La jeune fille poussa un léger cri, mordit sa lèvre tremblante, se couvrit le visage de ses mains mais les retira aussitôt.

Sous les wagons il y eut un chuintement, devant, la locomotive jeta un cri étranglé, et un écho bref et sourd tout aussi étranglé y répondit, venant de la forêt. Les wagons bougèrent imperceptiblement.

Заскрипели шпалы. Парень стоял на подножке, хмуро смотрел на девушку, потом покраснел и негромко крикнул:

— Слышь... Не приеду я больше! Слышь...

Он оскалился, сильно втянул в себя воздух, сказал еще что-то непонятное, злое и, взяв с подножки чемодан, боком полез в тамбур.

Девушка сразу как-то согнулась, опустила голову... Мимо нее мелькали вагоны, глухо дышали шпалы, что-то поскрипывало, попискивало, а она пристально, не мигая, смотрела на радужное пятно мазута на рельсе, скрывавшееся на мгновение под колесами и снова показывающееся, смотрела задумчиво, робко, незаметно для себя всё ближе подвигаясь к этому пятну, будто манило, притягивало оно ее. Она напрягалась, прижимала руку к нестерпимо болевшему сердцу, робкие, почти еще детские губы ее всё белели...

— Берегись! — раздался вдруг дикий крик над ее головой.

Девушка вздрогнула, моргнула, радужное пятно посветлело, поскрипывание шпал и стук колес прекратились, и, подняв голову, она увидела, что последний вагон с круглым красным щитком на буфере неслышно, как по воздуху, уплывает всё дальше.

Les traverses craquèrent. Debout sur le marchepied, le garçon considérait la jeune fille d'un air sombre, puis il rougit et lui jeta à mi-voix :

— T'entends... Je reviendrai plus ! T'entends...

Il eut un rictus, inspira l'air avec force, dit encore quelque chose d'inintelligible, de méchant, et, après avoir pris sa valise sur le marchepied, se glissa de biais sur la plate-forme.

Aussitôt la jeune fille se voûta un peu, baissa la tête... Les wagons filaient à côté d'elle, les traverses avaient un halètement sourd, ça grinçait, ça chuintait, mais elle regardait fixement, sans ciller, une tache de mazout irisée sur un rail qui, un instant cachée sous les roues des voitures, apparaissait à nouveau, elle la regardait pensivement, timidement, se penchait vers elle sans s'en rendre compte, toujours plus près, comme si la tache lui eût fait signe, l'eût attirée. Tout son corps se tendit, elle serra sa main sur son cœur qui souffrait de façon insupportable, ses lèvres timides, encore presque enfantines, étaient toutes blanches.

— Attention ! lança-t-on soudain en un cri sauvage au-dessus de sa tête.

La jeune fille tressaillit, cligna des yeux, la tache irisée s'éclaira, le craquement des traverses, le bruit des roues cessèrent et, quand elle releva la tête, elle vit que le dernier wagon, avec son signal rouge et rond sur un tampon, s'éloignait sans bruit, toujours plus, comme s'il voguait dans les airs.

Тогда она подняла голову к низкому, равнодушному небу, стянула на лицо платок и завыла побабьи, качаясь, будто пьяная:

— Уеха-а-ал!..

Поезд быстро скрылся за ближним лесом. Стало тихо. Шаркая по земле ногами, подошел начальник станции, остановился за спиной девушки, зевнул.

— Уехал? — спросил он. — Н-да... Нынче все едут.

Помолчал, потом смачно плюнул, растер плевок ногой.

— Скоро и я уеду... — забормотал он. — На юг подамся. Тут скука, дожди... А там, на юге-то, теплынь! Эти — как их? — кипарисы...

Окинул взглядом фигуру девушки, долго смотрел на грязные ботики, спросил негромко и равнодушно:

— Вы не из «Красного маяка» будете? А? Н-да... Вон оно что... А погода-то — сволочь. Факт!

И ушел, волоча ноги, старательно обходя лужи.

Девушка долго еще стояла на пустой платформе, смотрела прямо перед собой и ничего не видела: ни темного, мокрого леса,

Alors elle leva les yeux vers le ciel bas et indifférent, rabattit son foulard sur son visage, éclata en gros sanglots de paysanne, titubant comme si elle était ivre :

— Par-ti-i-i !

Le train disparut bientôt derrière la forêt toute proche. Le silence se fit. D'un pas traînant, le chef de gare s'approcha, s'arrêta derrière la jeune fille, bâilla :

— Il est parti ? demanda-t-il. Mm-ouais... À présent, ils s'en vont tous.

Il se tut, puis il lança avec délices un crachat et l'écrasa du pied.

— Bientôt, moi aussi, je m'en irai, marmonna-t-il. Je me tirerai dans le Midi. Ici, l'ennui, la pluie... Mais là-bas, dans le Midi, y a la bonne chaleur ! Les... comment on les appelle ?... les cyprès...

Il embrassa du regard la silhouette de la jeune fille, considéra longtemps la boue sur ses bottes et demanda tout bas, avec indifférence :

— Vous ne seriez pas du « Phare Rouge », des fois ? Hein ? Mm... ouais... C'est bien ça... Mais ce temps... c'est un temps de cochon. C'est pas autre chose.

Il partit, traînant les pieds, contournant avec soin les flaques d'eau.

La jeune fille resta encore longtemps debout sur le quai désert, elle regardait droit devant elle et ne voyait rien : ni la sombre forêt humide,

ни тускло блестевших рельсов, ни бурой никлой травы... Видела она рябое и грубое лицо парня.

Наконец вздохнула, вытерла мокрое лицо, пошла к лошади. Отвязала лошадь, поправила шлею, перевернула сено, оскользнувшись, забралась на телегу, тронула вожжи. Лошадь подалась назад, вяло махнула хвостом, сама завернула, с трудом переставляя ноги, пошла мимо палисадника, мимо стогов сена и сложенных крест-накрест шпал к проселочной дороге.

Девушка сидела не шевелясь, глядя поверх дуги, потом в последний раз оглянулась на полустанок и легла в телеге ничком.

ni les rails brillant d'un pâle reflet, ni l'herbe jaunâtre et flétrie... Elle voyait le visage grêlé et grossier du garçon.

Enfin elle poussa un soupir, essuya son visage baigné de larmes, se dirigea vers le cheval. Elle le détacha, remit en place l'avaloire, retourna le foin, faillit glisser dans la boue, monta dans la charrette et tira sur les rênes. Le cheval recula, remua paresseusement la queue, tourna tout seul, soulevant ses pattes avec peine, longea un jardinet, des meules de foin, des traverses empilées en croix, en direction du chemin du village.

La jeune fille était assise immobile, regardant au-dessus de l'arc d'attelage, puis, après un dernier regard pour la petite gare, elle s'allongea dans la charrette, le visage dans le foin.

1954

Тихое утро

Une matinée tranquille

Еще только-только прокричали сонные петухи, еще темно было в избе, мать не доила корову и пастух не выгонял стадо в луга, когда проснулся Яшка.

Он сел на постели, долго таращил глаза на голубоватые потные окошки, на смутно белеющую печь. Сладок предрассветный сон, и голова валится на подушку, и глаза слипаются, но Яшка переборол себя, спотыкаясь, цепляясь за лавки и стулья, стал бродить по избе, разыскивая старые штаны и рубаху.

Поев молока с хлебом, Яшка взял в сенях удочки и вышел на крыльцо. Деревня, будто большим пуховым одеялом, была укрыта туманом. Ближние дома были еще видны,

Les coqs ensommeillés venaient à peine à peine de lancer leur premier appel, il faisait encore sombre dans l'isba ; la mère n'avait pas trait la vache, et le berger n'avait pas mené le troupeau dans les pâtures, quand Iachka se réveilla.

Il s'assit sur son lit, écarquilla longtemps les yeux sur les vitres bleuâtres embuées, sur le poêle à la blancheur confuse. Il est doux le sommeil qui précède l'aube, et la tête roule sur l'oreiller, et les yeux se collent, mais Iachka se domina, trébuchant, s'accrochant aux bancs et aux chaises, il se mit à errer dans l'isba à la recherche de son vieux pantalon et de sa chemise.

Après avoir mangé du pain et bu du lait, il prit ses cannes à pêche dans l'entrée et sortit sur le perron. Le village était recouvert par le brouillard, comme d'un grand édredon en duvet. Les maisons les plus proches étaient encore visibles ;

дальние едва проглядывали темными пятнами, а еще дальше, к реке, уже ничего не было видно, и казалось, никогда не было ни ветряка на горке, ни пожарной каланчи, ни школы, ни леса на горизонте... Все исчезло, притаилось сейчас, и центром маленького замкнутого мира оказалась Яшкина изба.

Кто-то проснулся раньше Яшки, стучал возле кузницы молотком; чистые металлические звуки, прорываясь сквозь пелену тумана, долетали до большого невидимого амбара и возвращались оттуда уже ослабленными. Казалось, стучат двое: один погромче, другой потише.

Яшка соскочил с крыльца, замахнулся удочками на подвернувшегося под ноги петуха и весело затрусил к риге. У риги он вытащил из-под доски ржавый косарь и стал рыть землю. Почти сразу же начали попадаться красные и лиловые холодные червяки. Толстые и тонкие, они одинаково проворно уходили в рыхлую землю, но Яшка все-таки успевал выхватывать их и скоро набросал почти полную банку. Подсыпав червям свежей земли, он побежал вниз по тропинке, перевалился через плетень и задами пробрался к сараю, где на сеновале спал его новый приятель — Володя.

plus loin, on les devinait à peine, de simples taches noires, mais plus loin encore, près de la rivière, on ne voyait plus rien et il semblait qu'il n'y avait jamais eu ni moulin à vent sur la butte, ni tour de guet pour l'incendie, ni école, ni forêt à l'horizon... Tout avait disparu, était maintenant caché et l'isba de Iachka semblait le centre de ce petit monde replié sur lui-même.

Quelqu'un s'était réveillé avant Iachka, un marteau retentissait près de la forge ; les sons métalliques purs, se frayant passage à travers la nappe de brouillard, arrivaient jusqu'à un grand hangar invisible, puis en revenaient affaiblis. On eût dit que deux hommes frappaient l'enclume : l'un plus fort, l'autre plus doucement.

Iachka sauta du perron, brandit ses lignes sur un coq égaré dans ses jambes et trotta tout joyeux vers la remise. Arrivé là, il tira de dessous une planche un coutelas rouillé et se mit à creuser la terre. Presque aussitôt apparurent de petits vers froids, rouges ou mauves. Gros ou menus, ils s'enfonçaient avec la même agilité dans la terre meuble, mais Iachka parvenait malgré tout à les saisir à temps, et il eut tôt fait d'en avoir une boîte de conserve presque pleine. Les ayant recouverts de terre fraîche, il descendit le sentier en courant, franchit la haie et se faufila par-derrière jusqu'à la grange où Volodia, son nouveau copain, dormait au milieu du fenil.

Яшка заложил в рот испачканные землей пальцы и свистнул. Потом сплюнул и прислушался. Было тихо.

— Володька! — позвал он. — Вставай!

Володя зашевелился на сене, долго возился и шуршал там, наконец неловко слез, наступая на незавязанные шнурки. Лицо его, измятое после сна, было бессмысленно и неподвижно, как у слепого, в волосы набилась сенная труха, она же, видимо, попала ему и за рубашку, потому что, стоя уже внизу, рядом с Яшкой, он все дергал тонкой шеей, поводил плечами и почесывал спину.

— А не рано? — сипло спросил он, зевнул и, покачнувшись, схватился рукой за лестницу.

Яшка разозлился: он встал на целый час раньше, червяков накопал, удочки притащил... а если по правде говорить, то и встал-то он сегодня из-за этого заморыша, хотел места рыбные ему показать — и вот вместо благодарности и восхищения — «рано!»

— Для кого рано, а для кого не рано! — зло ответил он и с пренебрежением осмотрел Володю с головы до ног.

Iachka fourra dans sa bouche ses doigts souillés de terre et siffla. Puis il cracha et tendit l'oreille. Tout était silencieux.

— Volodia ! appela-t-il. Debout !

Volodia remua dans le foin, s'étira longtemps en faisant craquer les brindilles, sortit enfin, maladroitement, en marchant sur ses lacets dénoués. Son visage fripé par le sommeil était ahuri et immobile comme celui d'un aveugle, ses cheveux étaient pleins de poussière de foin et il s'en était, à coup sûr, glissé sous sa chemise car, une fois descendu près de Iachka, il ne cessait de tirailler son cou maigre, de remuer les épaules et de se gratter le dos.

— Il n'est pas un peu tôt ? demanda-t-il d'une voix enrouée, puis il bâilla et, après avoir trébuché, il saisit la rampe de l'escalier.

Iachka se fâcha : il s'était levé une bonne heure plus tôt, avait déterré des vers, sorti les lignes... car pour dire vrai, c'était à cause de ce gringalet qu'il s'était levé aujourd'hui, il voulait lui montrer les endroits où il y avait du poisson, et au lieu d'être enthousiaste et reconnaissant, voilà : « C'est trop tôt ! »

— Pour les uns c'est trop tôt, pour les autres non, répondit-il méchamment, et avec dédain il toisa Volodia des pieds à la tête.

Володя выглянул на улицу, лицо его оживилось, глаза заблестели, он начал торопливо зашнуровывать ботинки. Но для Яшки вся прелесть утра была уже отравлена.

— Ты что, в ботинках пойдешь? — презрительно спросил он и посмотрел на оттопыренный палец своей босой ноги. — А калоши наденешь?

Володя промолчал, покраснел и принялся за другой ботинок.

— Ну да... — меланхолично продолжал Яшка, ставя удочки к стене. — У вас там, в Москве, небось босиком не ходят...

— Ну и что? — Володя снизу посмотрел в широкое, насмешливо-злое лицо Яшки.

— Да ничего... Забеги домой, пальто возьми...

— Ну и забегу! — сквозь зубы ответил Володя и еще больше покраснел.

Яшка заскучал. Зря он связался со всем этим делом. На что уж Колька да Женька Воронковы — рыбаки, а и те признают, что лучше его нет рыболова во всем колхозе. Только отведи на место да покажи — яблоками засыплют! А этот... пришел вчера, вежливый...

Une matinée tranquille 47

Volodia regarda la rue, son visage s'anima, ses yeux brillèrent, il commença à lacer ses chaussures à la hâte. Mais, pour Iachka, tout le charme de la matinée était gâché.

— Quoi, tu y vas en chaussures ? demanda-t-il avec mépris, et il regarda le gros orteil écarté de son pied à lui qui était nu. Et des caoutchoucs, tu en mets ?

Volodia se taisait, il rougit et s'appliqua à enfiler son autre chaussure.

— Eh oui..., poursuivit mélancoliquement Iachka, en posant ses lignes contre le mur. Chez vous, là-bas, à Moscou, pour sûr qu'on va pas nu-pieds...

— Et alors ? dit Volodia en regardant par en dessous vers la large figure de Iachka empreinte d'un méchant sourire moqueur.

— Bon, allez... Cours chez toi prendre ton manteau...

— J'y cours ! répondit Volodia, entre les dents et rougissant encore davantage.

Iachka commença à s'ennuyer. C'était idiot de s'être fourré dans cette histoire. Prenez Kolka et Jenka Voronkov, des pêcheurs, eux au moins ils reconnaissent qu'il n'y a pas plus habile que lui, dans tout le kolkhoze, pour attraper le poisson ! Suffit de les mettre sur le tas, de leur montrer le truc et ils vous couvrent de fleurs ! Mais celui-là... Il est arrivé hier, bien poli :

«Пожалуйста, пожалуйста...» Дать ему по шее, что ли? Надо было связываться с этим москвичом, который, наверно, и рыбы в глаза не видал, идет на рыбалку в ботинках!..

— А ты галстук надень, — съязвил Яшка и хрипло засмеялся. — У нас рыба обижается, когда к ней без галстука суешься.

Володя наконец справился с ботинками и, подрагивая от обиды ноздрями, глядя прямо перед собой невидящим взглядом, вышел из сарая. Он готов был отказаться от рыбалки и тут же разреветься, но он так ждал этого утра! За ним нехотя вышел Яшка, и ребята молча, не глядя друг на друга, пошли по улице. Они шли по деревне, и туман отступал перед ними, открывая все новые и новые дома, и сараи, и школу, и длинные ряды молочно-белых построек фермы... Будто скупой хозяин, он показывал все это только на минуту и потом снова плотно смыкался сзади.

Володя жестоко страдал. Он сердился на себя за грубые ответы Яшке, сердился на Яшку и казался сам себе в эту минуту неловким и жалким. Ему было стыдно своей неловкости, и, чтобы хоть как-нибудь заглушить это неприятное чувство, он

« S'il te plaît, s'il te plaît... » À lui flanquer sur la gueule, vrai ! Il avait bien besoin de se lier avec ce Moscovite qui, à coup sûr, n'avait jamais vu de ses yeux un poisson et allait à la pêche en chaussures !

— Tu devrais mettre une cravate ! ajouta méchamment Iachka avec un rire rauque. Chez nous, le poisson se vexe quand on lui rend visite sans cravate.

Volodia finit par venir à bout de ses chaussures et, vexé, les narines frémissantes, regardant droit devant lui sans rien voir, il sortit de la grange. Il était prêt à renoncer à la pêche, à fondre en larmes sur-le-champ, mais il avait tant attendu cette matinée ! Iachka suivit Volodia à contrecœur et, sans un mot, sans échanger un regard, ils marchèrent dans la rue. Ils traversaient le village, et le brouillard reculait devant eux, leur découvrant sans cesse de nouvelles maisons, des granges, une école, la ferme avec ses longs alignements de constructions d'un blanc laiteux... Tel un propriétaire avare, il montrait tout cela juste un instant puis, de nouveau, se refermait étroitement derrière eux.

Volodia souffrait cruellement. Il était furieux d'avoir répondu grossièrement à Iachka, il était furieux contre Iachka et il se trouva, en cet instant, maladroit et pitoyable. Il avait honte de sa maladresse et pour étouffer, tant bien que mal, ce sentiment désagréable, il

думал, ожесточаясь: «Ладно, пусть... Пускай издевается, они меня еще узнают, я не позволю им смеяться! Подумаешь, велика важность босиком идти! Воображалы какие!» Но в то же время он с откровенной завистью и даже с восхищением поглядывал на босые Яшкины ноги, и на холщовую сумку для рыбы, и на заплатанные, надетые специально на рыбную ловлю штаны и серую рубаху. Он завидовал Яшкиному загару и его походке, при которой шевелятся плечи и лопатки и даже уши и которая у многих деревенских ребят считается особенным шиком.

Проходили мимо колодца со старым, поросшим зеленью срубом.

— Стой! сказал хмуро Яшка. — Попьём!

Он подошел к колодцу, загремел ценью, вытащил тяжелую бадью с водой и жадно приник к ней. Пить ему не хотелось, но он считал, что лучше этой воды нигде нет, и поэтому каждый раз, проходя мимо колодца, пил ее с огромным наслаждением. Вода, переливаясь через край бадьи, плескала ему на босые ноги,

pensait, de plus en plus furieux : « Bon, admettons... Il peut bien se moquer, ils apprendront à me connaître, je ne leur permettrai pas de rire. Voyez-moi ça ! la belle affaire d'aller nu-pieds ! Ah ! Qu'est-ce qu'ils peuvent se croire ! » Mais, en même temps, c'était avec une envie manifeste, avec ravissement même, qu'il regardait les pieds nus de Iachka, son sac de toile pour le poisson, son pantalon rapiécé qu'il avait mis spécialement pour aller à la pêche, sa chemise grise. Il enviait le hâle de Iachka et sa démarche qui fait bouger les épaules, les omoplates, les oreilles même, et qui est considérée du dernier chic par beaucoup de petits campagnards.

Ils passèrent près d'un puits dont la vieille margelle en rondins était envahie par la verdure.

— Halte ! fit Iachka d'un air renfrogné, buvons un coup !

Il s'approcha du puits, fit grincer la chaîne, tira un seau lourd, plein d'eau et y colla ses lèvres avec avidité. Il n'avait pas soif, mais il estimait qu'il n'y avait nulle part d'eau meilleure et c'est pourquoi, chaque fois qu'il passait près du puits, il buvait avec une énorme délectation. L'eau débordant du seau jaillissait sur ses pieds nus,

он поджимал их, но все пил и пил, изредка отрываясь и шумно дыша.

— На, пей! — сказал он наконец Володе, вытирая рукавом губы.

Володе тоже не хотелось пить, но, чтобы еще больше не рассердить Яшку, он послушно припал к бадье и стал тянуть воду мелкими глоточками, пока от холода у него не заломило в затылке.

— Ну, как водичка? — самодовольно осведомился Яшка, когда Володя отошел от колодца.

— Законная! — отозвался Володя и поежился.

— Небось в Москве такой нету? — ядовито прищурился Яшка.

Володя ничего не ответил, только втянул сквозь сжатые зубы воздух и примиряюще улыбнулся.

— Ты ловил ли рыбу-то? — спросил Яшка.

— Нет... Только на Москве-реке видел, как ловят, — упавшим голосом сознался Володя и робко взглянул на Яшку.

Это признание несколько смягчило Яшку, и он, пощупав банку с червями, сказал как бы между прочим:

— Вчера наш завклубом в Плешанском бочаге сома видал...

У Володи заблестели глаза.

il les écartait, mais il buvait toujours, il buvait, s'interrompant de temps à autre et respirant bruyamment.

— Tiens ! Bois ! dit-il enfin à Volodia en s'essuyant les lèvres avec sa manche.

Volodia, lui non plus, n'avait pas soif, mais, pour ne pas irriter davantage Iachka, il se pencha docilement sur le seau et aspira l'eau à petites gorgées jusqu'à ce qu'il sentît le froid lui faire mal à la nuque.

— Alors, elle est comment la petite eau ? s'informa Iachka content de lui, quand Volodia s'écarta du puits.

— Du tonnerre ! s'exclama Volodia en frissonnant.

— Sûr qu'il n'y en a pas une comme ça à Moscou, fit Iachka en clignant de l'œil avec malice.

Volodia ne répondit rien. Il se contenta d'aspirer l'air à travers ses dents serrées et sourit d'un air conciliant.

— Alors, t'as déjà pêché ? demanda Iachka.

— Non... J'ai seulement vu pêcher sur la Moskova, avoua Volodia d'une voix étranglée, avec un regard timide sur Iachka.

Cet aveu radoucit quelque peu Iachka, qui, après avoir tâté sa boîte de conserve pleine de vers, déclara comme en passant :

— Hier, le responsable de notre club a vu un poisson-chat dans un trou du lac de Pléchansk.

Les yeux de Volodia étincelèrent.

— Большой?

— А ты думал! Метра два... А может, и все три — в темноте не разобрать было. Наш завклубом аж перепугался, думал, крокодил. Не веришь?

— Врешь! — восторженно выдохнул Володя и подернул плечами; по его глазам было видно, что верит он всему безусловно.

— Я вру? — Яшка изумился. — Хочешь, айда вечером сегодня ловить! Ну?

— А можно? — с надеждой спросил Володя, и уши его порозовели.

— А чего… — Яшка сплюнул, вытер нос рукавом. — Снасть у меня есть. Лягвы, вьюнов наловим… Выползков захватим — там голавли еще водятся — и на две зари! Ночью костер запалим... Пойдешь?

Володе стало необыкновенно весело, и он только теперь почувствовал, как хорошо выйти утром из дому. Как славно и легко дышится, как хочется побежать по этой мягкой дороге, помчаться во весь дух, подпрыгивая и взвизгивая от восторга!

— Un gros ?
— Tu parles ! Deux mètres à peu près... Mais peut-être bien trois, dans le noir impossible de distinguer. Le responsable du club a eu même une belle trouille, il pensait que c'était un crocodile. Tu ne me crois pas ?

— Tu blagues ! s'exclama Volodia enthousiasmé, et il haussa les épaules, mais à ses yeux on voyait qu'il croyait absolument à tout ça.

— Moi, je blague ? fit Iachka, étonné. Si t'es d'accord, eh ben, on le pêche ce soir même. Alors ?

— Mais, c'est possible ? s'enquit Volodia plein d'espoir, et ses oreilles se teintèrent d'un rose léger.

— Pourquoi pas ? — Iachka cracha, s'essuya le nez avec sa manche. — J'ai le matériel. On prendra des baudroies, des anguilles... on attrapera des vifs, là-bas il y a aussi plein de vairons, au lever du soleil et au crépuscule ! La nuit, nous allumerons un feu de bois... Tu viendras ?

Volodia éprouva une gaieté extraordinaire et sentit alors seulement comme il faisait bon sortir de grand matin de la maison. Comme on respire bien, légèrement, comme on a envie de courir sur le doux chemin, de s'élancer à toute allure, en sautant et en glapissant d'allégresse !

Что это так странно звякнуло там, сзади? Кто это вдруг, будто ударяя раз за разом по натянутой тугой струне, ясно и мелодически прокричал в лугах? Где это было с ним? А может, и не было? Но почему же тогда так знакомо это ощущение восторга и счастья?

Что это затрещало так громко в поле? Мотоцикл? Володя вопросительно посмотрел на Яшку.

— Трактор! — ответил важно Яшка.

— Трактор? Но почему же он трещит?

— Это он заводится... Скоро заведется... Слушай. Во-во... Слыхал? Загудел! Ну, теперь пойдет... Это Федя Костылев — всю ночь пахал с фарами, чуток поспал и опять пошел...

Володя посмотрел в ту сторону, откуда слышался гул трактора, и тотчас спросил:

— Туманы у вас всегда такие?

— Не... когда чисто. А когда попозней, к сентябрю поближе, гладишь, и инеем вдарит. А вообще в туман рыба берет — успевай таскать!

— А какая у вас рыба?

— Рыба-то? Рыба всякая... И караси на плесах есть, щука, ну, потом эти...

Qu'est-ce donc qui tintait si étrangement là-bas derrière ? Qui donc soudain lançait dans les prés des cris distincts, mélodieux, pareils à des coups frappés l'un après l'autre sur une corde bien tendue ? Où cela lui était-il déjà arrivé ? Peut-être jamais ? Pourquoi, alors, est-elle si familière cette sensation d'allégresse et de bonheur ?

Qu'est-ce donc qui pétaradait à si grand bruit dans un champ ? Une moto ? Volodia interrogea Iachka du regard.

— Un tracteur ! répondit-il gravement.

— Un tracteur ? Mais pourquoi pétarade-t-il ?

— C'est qu'on le met en marche... Ça va bientôt y être... Écoute. Tiens, tiens. Tu entends ? Il ronfle ! Bon, maintenant il va y aller... C'est Fédia Kostylev. Toute la nuit, il a labouré aux phares, il a dormi juste un brin et il s'y est remis...

Volodia tourna la tête du côté où l'on entendait gronder le tracteur et demanda aussitôt :

— Il y a toujours des brouillards comme ça ici ?

— Non... des fois le temps est clair. Mais quand c'est plus tard, plus près de septembre, tu parles d'une gelée blanche ! En général, le poisson mord avec le brouillard, y a qu'à le sortir !

— Quels poissons il y a par ici ?

— Quels poissons ? De tout... des carassins dans les courants, du brochet, voyons, et puis des...

окунь, плотва, лещ... Еще линь. Знаешь линя? Как поросенок. То-олстый! Я сам первый раз поймал — рот разинул.

— А много можно поймать?

— Гм... Всяко бывает. Другой раз кило пять, а другой раз так только... кошке.

— Что это свистит? — Володя остановился, поднял голову.

— Это? Это ути летят... Чирочки.

— Ага... знаю. А это что?

— Дрозды звенят... На рябину прилетели к тете Насте в огород. Ты дроздов-то ловил когда?

— Никогда не ловил...

— У Мишки Каюненка сетка есть, вот погоди, пойдем ловить. Они, дрозды-то, жаднющие... По полям стаями летают, червяков из-под трактора берут. Ты сетку растяни, рябины набросай, затаись и жди. Как налетят, так сразу штук пять под сетку полезут... Потешные они... Не все, правда, но есть толковые... У меня один всю зиму жил, так по-всякому умел: и как паровоз, и как пила.

de la perche, du gardon, de la brème... et encore de la tanche. Tu connais ça, la tanche ? C'est comme un petit cochon de lait. Éno-orme. Moi, la première fois que j'en ai pris, j'en suis resté bouche bée.

— Et on peut en prendre beaucoup ?
— Hum ! Ça dépend. Des fois cinq kilos, des fois juste assez... pour le chat.
— Qu'est-ce qui siffle ? — Volodia s'arrêta, leva la tête.
— Ça, des canetons qui volent... des petites sarcelles.
— Ah ! ah ! je vois. Et ça, qu'est-ce que c'est ?
— Des merles qui piaillent... Ils se sont envolés sur le sorbier de tante Nastia, dans le potager. Et toi, tu en as déjà pris des merles ?
— Non, jamais...
— Michka Kaïounenko a un filet, attends un peu, on ira en attraper. Ils sont drôlement goulus, les merles... Ils volent en bande sur les champs, ils piquent les vers jusque sous le tracteur. Tu étends le filet, tu y mets des sorbes, tu te caches et t'attends. Quand ils se précipitent, tu en as, d'un coup, cinq sous le filet... Ils sont marrants... Pas tous, c'est vrai, mais il y en a de futés... J'en ai eu un chez moi tout l'hiver et il savait tout imiter : la locomotive, la scie...

Деревня скоро осталась позади, бесконечно потянулся низкорослый овес, впереди еле проглядывала темная полоса леса.

— Долго еще идти? — спрашивал Володя.

— Скоро... Вот рядом, пошли ходчее, — каждый раз отвечал Яшка.

Вышли на бугор, свернули вправо, лощиной спустились вниз, прошли тропкой через льняное поле, и тут совсем неожиданно перед ними открылась река. Она была небольшой, густо поросла ракитником, ветлой по берегам, ясно звенела на перекатах и часто разливалась глубокими мрачными омутами.

Солнце наконец взошло; тонко заржала в лугах лошадь, и как-то необыкновенно быстро посветлело, порозовело все вокруг; еще отчетливей стала видна седая роса на елках и кустах, а туман пришел в движение, поредел и стал неохотно открывать стога сена, темные на дымчатом фоне близкого теперь леса. Рыба гуляла. В омутах раздавались редкие тяжкие всплески, вода волновалась, прибрежная куга тихонько покачивалась.

Le village fut bientôt derrière eux, à l'infini s'étendait de l'avoine aux tiges courtes, et devant eux se profilait vaguement la bande sombre d'une forêt.

— Il y a encore longtemps à marcher ? demandait sans cesse Volodia.

— On y est bientôt... Voilà, c'est tout à côté. Grouillons, répondait chaque fois Iachka.

Ils débouchèrent sur un tertre, tournèrent à droite, dévalèrent dans une combe, traversèrent un champ de lin par un sentier et là, de façon tout à fait inattendue, la rivière apparut devant eux. Elle n'était pas bien grande, jalonnée de saules drus, blancs sur les rives, gazouillait d'une voix claire sur les bancs de sable et se répandait souvent en remous profonds et sinistres.

Le soleil s'était enfin levé ; dans les prés, un cheval hennit doucement et tout parut s'illuminer à une allure extraordinairement rapide, tout, aux alentours, se vêtit de rose, on distingua plus nettement la rosée d'argent des sapins et des buissons, le brouillard se mit en mouvement, s'effilocha et découvrit peu à peu, à contrecœur, les meules de foin, sombres sur le fond gris cendré de la forêt maintenant proche. Les poissons s'en donnaient à cœur joie. Dans les remous retentissaient de temps à autre de lourds jaillissements, l'eau s'agitait, le long de la rive les joncs se balançaient tout doucement.

Володя готов был хоть сейчас начать ловить, но Яшка шел все дальше берегом реки. Они почти по пояс вымокли в росе, когда наконец Яшка шепотом сказал: «Здесь!» — и стал спускаться к воде. Нечаянно он оступился, влажные комья земли посыпались из-под его ног, и тотчас же, невидимые, закрякали утки, заплескали крыльями, взлетели и потянули над рекой, пропадая в тумане. Яшка съежился и зашипел, как гусь. Володя облизал пересохшие губы и спрыгнул вслед за Яшкой вниз. Оглядевшись, он поразился мрачности, которая царила в этом омуте. Пахло сыростью, глиной и тиной, вода была черной, ветлы в буйном росте почти закрыли все небо, и, несмотря на то, что верхушки их уже порозовели от солнца, а сквозь туман было видно синее небо, здесь, у воды, было сыро, угрюмо и холодно...

— Тут, знаешь, глубина какая? — Яшка округлил глаза. — Тут и дна нету...

Володя немного отодвинулся от воды и вздрогнул, когда у противоположного берега гулко ударила рыба.

Une matinée tranquille

Volodia était prêt à commencer, même tout de suite, à pêcher, mais Iachka continuait à suivre le bord de la rivière. Ils étaient trempés par la rosée presque jusqu'à la ceinture quand Iachka dit enfin dans un murmure : « Ici ! », et il commença à descendre vers l'eau. Il trébucha par mégarde, des mottes de terre humide s'éboulèrent sous ses pieds, et, tout aussitôt, invisibles, des canards cancanèrent, battirent des ailes, prirent leur vol et s'élevèrent au-dessus de la rivière en se fondant dans le brouillard. Iachka se recroquevilla et se mit à siffler comme une oie. Volodia passa sa langue sur ses lèvres sèches et dévala derrière Iachka. Regardant autour de lui, il fut frappé par la sinistre obscurité qui régnait dans ce remous. Cela sentait l'humidité, la terre glaise, la vase, l'eau était noire ; les saules, dans leur croissance exubérante, cachaient presque tout le ciel, et bien que leurs cimes fussent déjà teintées de rose par le soleil et qu'on aperçût, à travers le brouillard, le bleu du ciel, ici, près de l'eau, tout était humide, morose et froid.

— Ici, tu sais combien il y a de profondeur ? — Les yeux de Iachka s'arrondirent. — Ici, il n'y a pas de fond...

Volodia s'écarta un peu de l'eau et frissonna lorsque, près de la rive qui leur faisait face, un poisson donna un coup de queue retentissant.

— В этом бочаге у нас никто не купается...

— Почему? — слабым голосом спросил Володя.

— Засасывает... Как ноги опустил вниз, так все... Вода как лед и вниз утягивает. Мишка Каюненок говорил, там осьминоги на дне лежат.

— Осьминоги только... в море, — неуверенно сказал Володя и еще отодвинулся.

— В море... Сам знаю! А Мишка видал! Пошел на рыбалку, идет мимо, глядит, из воды щуп и вот по берегу шарит... Ну? Мишка аж до самой деревни бег! Хотя, наверно, он врет, я его знаю, — несколько неожиданно заключил Яшка и стал разматывать удочки.

Володя приободрился, а Яшка, уже забыв про осьминогов, нетерпеливо поглядывал на воду, и каждый раз, когда шумно всплескивала рыба, лицо его принимало напряженно-страдальческое выражение.

Размотав удочки, он передал одну из них Володе, отсыпал ему в спичечную коробку червей и глазами показал место, где ловить.

— Dans ce trou-là, personne de chez nous ne se baigne...
— Pourquoi ? demanda Volodia d'une voix faible.
— Il vous aspire... Dès qu'on a plongé les pieds en bas, c'est fini. L'eau est comme de la glace et vous tire par en bas. Michka Kaïounenko dit qu'il y a des pieuvres au fond.
— Des pieuvres, mais il n'y en a... que dans la mer, dit Volodia sans assurance, et il se recula encore.
— Dans la mer... Je le sais bien, moi-même. Mais Michka les a vues ! Il allait à la pêche, alors il passe par là, et il voit, hors de l'eau, un tentacule, et qui fouille le long de la berge... Alors ? Michka a galopé droit jusqu'au village ! Quoique, peut-être, il raconte des histoires, je le connais..., conclut Iachka de façon quelque peu inattendue et il se mit à dévider ses lignes.

Volodia se ressaisit, mais Iachka, qui avait déjà oublié les pieuvres, regardait l'eau avec impatience et chaque fois qu'un poisson jaillissait avec bruit, son visage prenait une expression de tension douloureuse.

Après avoir dévidé ses lignes, il en tendit une à Volodia, lui versa des vers dans une boîte d'allumettes et lui montra des yeux l'endroit où il devait pêcher.

Закинув насадку, Яшка, не выпуская из рук удилища, нетерпеливо уставился на поплавок. Почти сейчас же закинул свою насадку и Володя, но зацепил при этом удилищем за ветлу. Яшка страшно взглянул на Володю, выругался шепотом, а когда перевел взгляд опять на поплавок, то вместо него увидел только легкие расходящиеся круги. Яшка тотчас с силой подсек, плавно повел рукой вправо, с наслаждением почувствовал, как в глубине упруго заходила рыба, но напряжение лески вдруг ослабло, и из воды, чмокнув, выскочил пустой крючок. Яшка задрожал от ярости.

— Ушла, а? Ушла... — пришепетывал он, надевая мокрыми руками нового червя на крючок.

Снова забросил насадку и снова, не выпуская из рук удилища, неотрывно смотрел на поплавок, ожидая поклевки. Но поклевки не было, и даже всплесков не стало слышно. Рука у Яшки скоро устала, и он осторожно воткнул удилище в мягкий берег. Володя посмотрел на Яшку и тоже воткнул свое удилище.

Солнце, поднимаясь все выше, заглянуло наконец и в этот мрачный омут. Вода сразу ослепительно засверкала, и загорелись капли росы на листьях, на траве и на цветах.

Une matinée tranquille

Iachka amorça, puis, sans lâcher sa ligne, regarda fixement, avec impatience, le bouchon. Presque aussitôt Volodia amorça lui aussi, mais, ce faisant, sa ligne s'accrocha à un saule blanc. Iachka lança à Volodia un regard terrible, jura à voix basse et quand il ramena son regard sur le bouchon, il ne vit à sa place que des cercles légers qui s'élargissaient. Il ferra aussitôt avec vigueur, amena habilement sa ligne vers la droite et sentit avec délices le poisson virer en souplesse dans les profondeurs, mais la tension du fil faiblit brusquement et l'hameçon dépouillé bondit hors de l'eau avec un claquement. Iachka tremblait de fureur.

— Il est parti, hein ? Il est parti..., ne cessait-il de murmurer, tout en mettant, avec ses mains mouillées, un nouveau ver à l'hameçon.

Il amorça de nouveau et, cette fois encore sans lâcher des mains sa ligne, regarda le bouchon sans le quitter des yeux, dans l'attente d'une touche. Mais de touche point, on n'entendait même plus de jaillissements. Le bras de Iachka ne tarda pas à se fatiguer et il planta avec précaution sa ligne dans le sol mou de la berge. Volodia regarda Iachka et planta lui aussi sa ligne.

Le soleil, montant toujours plus haut, fit enfin une apparition dans le sinistre remous. L'eau, d'un coup, étincela dans un scintillement éblouissant, et les gouttes de rosée s'embrasèrent sur les feuilles, l'herbe et les fleurs.

Володя, жмурясь, посмотрел на свой поплавок, потом оглянулся и неуверенно спросил:

— А что, может рыба в другой бочаг уйти?

— Ясное дело! — злобно ответил Яшка. — Та сорвалась и всех распугала. А здоровая, верно, была... Я как дернул, так у меня руку сразу вниз потащило! Может, на кило потянула бы.

Яшке немного стыдно было, что он упустил рыбу, но, как часто бывает, вину свою он склонен был приписать Володе. «Тоже мне рыбак! — думал он. — Сидит раскорякой... Один ловишь или с настоящим рыбаком, только успевай таскать...» Он хотел чем-нибудь уколоть Володю, но вдруг схватился за удочку: поплавок чуть шевельнулся. Напрягаясь, будто дерево с корнем вырывая, он медленно вытащил удочку из земли и, держа ее на весу, чуть приподнял вверх. Поплавок снова качнулся, лег набок, чуть подержался в таком положении и опять выпрямился. Яшка перевел дыхание, скосил глаза и увидел, как Володя, побледнев, медленно приподнимается. Яшке стало жарко, пот мелкими капельками выступил у него на носу и верхней губе.

Une matinée tranquille 69

Volodia, clignant des yeux, observa son bouchon, puis regarda autour de lui et demanda sans assurance :

— Dis donc, peut-être que le poisson a filé dans un autre trou ?

— Évidemment, répondit hargneusement Iachka. Celui qui s'est décroché les a tous effrayés. Mais c'était un gros, c'est sûr... Quand je l'ai ferré, j'ai senti, aussitôt, mon bras tiré par en bas ! Ça faisait peut-être un kilo.

Iachka avait un peu honte d'avoir laissé partir le poisson, mais, comme il arrive souvent, il était enclin à rejeter sa faute sur Volodia. « Tu parles d'un pêcheur ! pensait-il, il est assis, jambes écartées... Quand t'es seul, ou quand t'es avec un vrai pêcheur, t'as juste qu'à les tirer de l'eau... » Il aurait voulu, d'une manière ou d'une autre, blesser Volodia, mais soudain il saisit sa ligne : le bouchon avait un tout petit peu frémi. Tendu, comme s'il arrachait un arbre avec ses racines, il enleva lentement de terre sa canne à pêche et, la tenant suspendue, la releva un tout petit peu. Le bouchon recommença à s'agiter, se coucha sur le côté, resta un tout petit peu dans cette position, et de nouveau se redressa. Iachka retint son souffle, loucha du côté de Volodia et le vit, tout pâle, se relever lentement. Iachka avait chaud, de petites gouttes de sueur perlaient sur son nez et au-dessus de sa lèvre supérieure.

Поплавок опять вздрогнул, пошел в сторону, погрузился наполовину и наконец исчез, оставив после себя едва заметный завиток воды. Яшка, как и в прошлый раз, мягко подсек и сразу подался вперед, стараясь выпрямить удилище. Леска с дрожащим на ней поплавком вычертила кривую, Яшка привстал, перехватил удочку другой рукой и, чувствуя сильные и частые рывки, опять плавно повел руками вправо. Володя подскочил к Яшке и, блестя отчаянными круглыми глазами, закричал тонким голосом:

— Давай, давай, дава—ай!

— Уйди! — просипел Яшка, пятясь, часто переступая ногами.

На мгновенье рыба вырвалась из воды, показала свой сверкающий широкий бок, туго ударила хвостом, подняла фонтан розовых брызг и опять ринулась в холодную глубину. Но Яшка, уперев комель удилища в живот, все пятился и кричал:

— Врешь, не уйде-ешь!..

Наконец он подвел упирающуюся рыбу к берегу, рывком выбросил ее на траву и сейчас же упал на нее животом. У Володи пересохло горло, сердце неистово колотилось...

Le bouchon se remit à tressauter, se déplaça de côté, s'enfonça à moitié et disparut enfin, laissant derrière lui une volute d'eau à peine visible. Iachka, comme la dernière fois, ferra doucement et laissa filer aussitôt en s'efforçant de redresser sa ligne. Le fil, avec son bouchon tremblant, dessina une courbe, Iachka se releva, saisit sa ligne de l'autre main, et, sentant de puissantes et fréquentes secousses, d'un mouvement plein d'aisance, il fit encore virer son bras vers la droite. Volodia bondit près de lui et, ses yeux ronds brillant d'un éclat désespéré, il cria d'une voix grêle :

— Vas-y, vas-y, vas-y !

— Va-t'en ! siffla Iachka en reculant et en passant d'un pied sur l'autre.

Un instant le poisson jaillit hors de l'eau, montra son large flanc brillant, lança un violent coup de queue qui souleva une gerbe d'éclaboussures roses, puis replongea dans les profondeurs glacées. Mais Iachka, le gros bout de sa canne à pêche appuyé sur son ventre, ne cessait de reculer en criant :

— Des clous ! Tu ne fileras pas !

Enfin, il ramena jusqu'à la berge le poisson qui résistait, d'un coup sec le jeta sur l'herbe, et aussitôt lui tomba dessus, à plat ventre. Volodia avait la gorge sèche, son cœur battait à se rompre...

— Что у тебя? — присев на корточки, спрашивал он. — Покажи, что у тебя?

— Ле-ещ! — с упоением выговорил Яшка.

Он осторожно вытащил из-под живота большого холодного леща, повернул к Володе свое счастливое широкое лицо, сипло засмеялся было, но улыбка его внезапно пропала, глаза испуганно уставились на что-то за спиной Володи, он съежился, ахнул:

— Удочка-то... Глянь-ка!

Володя обернулся и увидел, что его удочка, отвалив ком земли, медленно сползает в воду и что-то сильно дергает леску. Он вскочил, споткнулся и, на коленях подтянувшись к удочке, успел схватить ее. Удилище сильно согнулось. Володя повернул к Яшке круглое бледное лицо.

— Держи! — крикнул Яшка.

Но в этот момент земля под ногами у Володи зашевелилась, подалась, он потерял равновесие, выпустил удочку, нелепо, будто ловя мяч, всплеснул руками, звонко крикнул: «Ааа...» — и упал в воду.

— Дурак! — закричал Яшка, злобно и страдальчески исокривив лицо. — Недотепа чертова!..

— Qu'est-ce que t'as pris ? demandait-il, assis sur ses talons. Montre un peu ce que tu as ?

— Une brè-ème ! déclara Iachka, ivre de joie.

Il sortit avec précaution de sous son ventre une grande brème froide, tourna vers Volodia son large visage heureux, et allait éclater de rire en sifflant quand son sourire disparut soudain. Ses yeux se portèrent avec effroi sur quelque chose, derrière le dos de Volodia, il se ramassa sur lui-même, poussa un cri :

— Ta ligne ! Regarde donc !

Volodia se retourna et vit que sa ligne avait fait s'ébouler une motte de terre et glissait lentement dans l'eau, et que quelque chose tirait vigoureusement le fil. Il bondit, trébucha et, se tendant sur ses genoux vers sa ligne, réussit à la saisir. Elle se courba fortement. Volodia tourna vers Iachka son visage rond et blême.

— Tiens bon ! cria Iachka.

Mais, à ce moment, sous les pieds de Volodia la terre se mit à bouger et s'effondra, il perdit l'équilibre, lâcha sa ligne et gauchement, comme s'il attrapait une balle, joignit les mains en poussant un grand cri : « Ah ! ah ! ah ! » et tomba à l'eau.

— Imbécile ! s'exclama Iachka, dont le visage se contracta avec rage et douleur. Bougre d'andouille !

Он вскочил, схватил ком земли с травой, готовясь швырнуть в лицо Володе, как только он вынырнет. Но, взглянув на воду, он замер, и у него появилось то томительное чувство, которое испытываешь во сне: Володя в трех метрах от берега бил, шлепал по воде руками, запрокидывал к небу белое лицо с выпученными глазами, захлебывался и, окунаясь в воду, все силился что-то крикнуть, но в горле у него клокотало и получалось: «Уаа… Уаа…»

«Тонет! — с ужасом подумал Яшка. — Утягивает!» Бросил комок земли и, вытирая липкую руку о штаны, чувствуя слабость в ногах, попятился вверх, прочь от воды. На ум ему сразу пришел рассказ Мишки о громадных осьминогах на дне бочага, в груди и животе стало холодно от ужаса: он понял, что Володя схватил осьминог… Земля сыпалась у него из-под ног, он упирался трясущимися руками и, совсем как во сне, неповоротливо и тяжело лез вверх.

Наконец, подгоняемый страшными звуками, которые издавал Володя, Яшка выскочил на луг и кинулся к деревне, но, не пробежав и десяти шагов, остановился, будто споткнувшись,

Une matinée tranquille

Il bondit, saisit une motte de terre avec de l'herbe, prêt à la jeter au visage de Volodia dès qu'il reviendrait à la surface. Mais, en regardant l'eau, il resta frappé de stupeur et sentit naître en lui ce sentiment d'angoisse qu'on éprouve en rêve : à trois mètres de la rive Volodia se débattait, frappait l'eau avec ses mains, sa figure blême, aux yeux exorbités, renversée vers le ciel, il buvait la tasse et, s'enfonçant dans l'eau, il s'efforçait de crier quelque chose, mais dans sa gorge il n'y avait que des gargouillis et ne sortaient que des « O-a... O-a... ».

« Il se noie, pensa Iachka effrayé. Il est emporté ! » Il jeta la motte de terre et, tout en essuyant sa main gluante à son pantalon, ressentant de la faiblesse dans les jambes, il remonta la pente, loin de l'eau. Il lui revint aussitôt à l'esprit le récit de Michka sur les énormes pieuvres au fond du trou et, dans sa poitrine, dans son ventre, il était glacé d'effroi : il comprit qu'une pieuvre avait saisi Volodia... La terre s'effondrait sous ses pieds, il s'y agrippait de ses mains tremblantes et, tout à fait comme dans un rêve, lourdement, péniblement, il grimpa jusqu'en haut.

Enfin, poursuivi par les sons effrayants qu'émettait Volodia, Iachka bondit dans la prairie et se précipita vers le village, mais il n'avait pas couru dix pas qu'il s'arrêta comme s'il avait trébuché,

чувствуя, что убежать никак нельзя. Поблизости не было никого, и некому было крикнуть о помощи… Яшка судорожно шарил в карманах и в сумке в поисках хоть какой-нибудь бечевки и, не найдя ничего, бледный, стал подкрадываться к бочагу. Подойдя к обрыву, он заглянул вниз, ожидая увидеть страшное и в то же время надеясь, что все как-то обошлось, и опять увидел Володю. Володя теперь уже не бился, он почти весь скрылся под водой, только макушка с торчащими волосами была еще видна. Она скрывалась и опять показывалась, скрывалась и показывалась… Яшка, не отрывая взгляда от этой макушки, начал расстегивать штаны, потом вскрикнул и скатился вниз. Высвободившись из штанов, он, как был, в рубашке, с сумкой через плечо, прыгнул в воду, в два взмаха подплыл к Володе, схватил его за руку.

Володя сразу же вцепился в Яшку, быстро-быстро стал перебирать руками, цепляясь за рубашку и сумку, наваливаться на него и по-прежнему выдавливал из себя нечеловечески-страшные звуки: «Уаа… Уаа...» Вода хлынула Яшке в рот.

sentant bien qu'il était absolument impossible de s'enfuir. Il n'y avait personne à proximité, personne à qui crier au secours... Iachka fouilla fiévreusement dans ses poches, dans son sac, à la recherche ne serait-ce que d'un bout de ficelle quelconque et ne trouvant rien, le visage blême, à pas furtifs il se rapprocha du trou. Arrivé devant l'à-pic, il regarda en bas, s'attendant à quelque terrible spectacle, mais espérant en même temps que tout s'était arrangé d'une manière ou d'une autre, et il aperçut de nouveau Volodia. Celui-ci, à présent, ne se débattait même plus. Il avait presque entièrement disparu sous l'eau, on ne distinguait plus que le sommet de sa tête aux cheveux hérissés. Elle disparaissait et réapparaissait, disparaissait à nouveau et réapparaissait encore... Iachka, sans quitter des yeux le sommet de cette tête, commença à déboutonner son pantalon, puis poussa un cri et dévala jusqu'en bas. S'étant défait de son pantalon, il sauta dans l'eau comme il était, en chemise, son sac à l'épaule, nagea deux brasses jusqu'à Volodia et le saisit par le bras.

Volodia s'agrippa aussitôt à lui, se mit à remuer les bras à toute vitesse, s'accrochant à la chemise et au sac, il s'affala sur lui, et, comme il l'avait fait tout à l'heure, recommença à émettre ces horribles sons inhumains « Oa... oa... ». L'eau s'engouffra dans la bouche de Iachka.

Чувствуя у себя на шее мертвую хватку, он попытался выставить из воды свое лицо, но Володя, дрожа, все карабкался на него, наваливался всей тяжестью, старался влезть на плечи. Яшка захлебнулся, закашлялся, задыхаясь, глотая воду, и тогда ужас охватил его, в глазах с ослепительной силой вспыхнули красные и желтые круги. Он понял, что Володя утопит его, что пришла его смерть, дернулся из последних сил, забарахтался, закричал так же нечеловечески страшно, как кричал Володя минуту назад, ударил его ногой в живот, вынырнул, увидел сквозь бегущую с волос воду яркий сплющенный шар солнца, чувствуя еще на себе тяжесть Володи, оторвал, сбросил его с себя, замолотил по воде руками и ногами и, поднимая буруны пены, в ужасе бросился к берегу.

И, только ухватясь рукой за прибрежную осоку, он опомнился и посмотрел назад. Взбаламученная вода в омуте успокаивалась, и никого уже не было на ее поверхности. Из глубины весело выскочили несколько пузырьков воздуха, и у Яшки застучали зубы. Он оглянулся: ярко светило солнце, и листья кустов и ветлы блестели,

Sentant à son cou une mortelle emprise, il tenta de sortir son propre visage hors de l'eau, mais Volodia, tremblant, grimpait toujours sur lui, l'écrasait de tout son poids, essayait de monter sur ses épaules. Iachka buvait la tasse, toussait, suffoquant, avalant de l'eau, et l'effroi s'empara de lui, et devant ses yeux, avec une force aveuglante, jaillirent des cercles rouges et jaunes. Il comprit que Volodia finirait par le noyer, que sa fin allait venir, et il se tordit dans un ultime effort, se débattit, poussa le même cri effroyablement inhumain que Volodia avait lancé une minute auparavant, lui donna un coup de pied dans le ventre, refit surface et aperçut, à travers l'eau qui ruisselait de ses cheveux, le disque brillant et aplati du soleil, puis sentant encore sur lui le poids de Volodia, il l'arracha, le rejeta loin de lui, battit l'eau des pieds et des mains et, soulevant des vagues d'écume, se précipita, épouvanté, vers la berge.

Et, ce ne fut qu'au moment où sa main saisit une touffe de laîche, au bord de la rivière, qu'il recouvra ses esprits et regarda derrière lui. L'eau agitée du remous s'apaisait et déjà on ne voyait plus rien à sa surface. Quelques bulles d'air jaillissaient joyeusement des profondeurs, et Iachka claquait des dents. Il regarda autour de lui : le soleil brillait d'un vif éclat, les feuilles des buissons, les saules blancs étincelaient,

радужно горела паутина между цветами, и трясогузка сидела наверху, на бревне, покачивала хвостом и блестящим глазом смотрела на Яшку, и все было так же, как и всегда, все дышало покоем и тишиной, и стояло над землей тихое утро, а между тем вот только сейчас, совсем недавно случилось страшное — только что утонул человек, и это он, Яшка, ударил, утопил его.

Яшка моргнул, отпустил осоку, повел плечами под мокрой рубашкой, глубоко, с перерывами вдохнул воздух и нырнул. Открыв под водой глаза, он не мог сначала ничего разобрать: кругом дрожали неясные желтоватые и зеленоватые блики и какие-то травы, освещенные солнцем. Но свет солнца не проникал туда, в глубину... Яшка опустился еще ниже, проплыл немного, задевая руками и лицом за травы, и тут увидел Володю. Володя держался на боку, одна нога его запуталась в траве, а сам он медленно поворачивался, покачиваясь, подставляя солнечному свету круглое бледное лицо и шевеля левой рукой, словно пробуя на ощупь воду. Яшке показалось, что Володя притворяется и нарочно покачивает рукой, что он следит за ним, чтобы схватить, как только он дотронется до него.

Une matinée tranquille

une toile d'araignée flamboyait d'un éclat irisé entre les fleurs, une bergeronnette perchée tout là-haut sur un rondin balançait sa queue en regardant Iachka d'un œil brillant, et tout était exactement comme toujours, tout respirait le repos, le calme, c'était une matinée tranquille sur la terre, et pourtant juste à l'instant, là, quelque chose d'horrible s'était produit : un être humain venait juste de se noyer et c'était lui, Iachka, qui l'avait frappé, qui l'avait noyé.

Iachka cligna des yeux, lâcha la touffe de laîche, haussa ses épaules sous sa chemise mouillée, aspira l'air profondément à plusieurs reprises et plongea. Les yeux ouverts sous l'eau, il ne put d'abord rien distinguer : autour de lui tremblaient de vagues taches de lumière, jaunâtres ou verdâtres, et des herbes éclairées par le soleil. Mais la lumière du soleil n'arrivait pas jusque là-bas dans les profondeurs... Iachka descendit encore, nagea un peu en se prenant les mains et le visage dans les herbes, et c'est alors qu'il aperçut Volodia. Il se tenait sur le flanc, une jambe empêtrée dans les herbes, mais il tournait lentement sur lui-même en se balançant, offrant à la lumière du soleil sa pâle figure ronde et remuant sa main gauche comme s'il palpait l'eau. Iachka eut l'impression que Volodia faisait semblant et qu'il secouait exprès la main, qu'il le guettait pour le saisir dès qu'il le toucherait.

Чувствуя, что сейчас задохнется, Яшка рванулся к Володе, схватил его за руку, зажмурился, торопливо дернул тело Володи вверх и удивился, как легко и послушно оно последовало за ним. Вынырнув, он жадно задышал, и теперь ему ничего не нужно и не важно было, кроме как дышать и чувствовать, как грудь раз за разом наполняется чистым и сладким воздухом.

Не выпуская Володиной рубашки, он стал подталкивать его к берегу. Плыть было тяжело. Почувствовав дно под ногами, Яшка вылез сам и вытащил Володю. Он вздрагивал, касаясь холодного тела, глядя на мертвое, неподвижное лицо, торопился и чувствовал себя таким усталым, таким несчастным...

Перевернув Володю на спину, он стал разводить его руки, давить на живот, дуть в нос. Он запыхался и ослабел, а Володя был все такой же белый и холодный. «Помер», — с испугом подумал Яшка, и ему стало очень страшно. Убежать бы куда-нибудь, спрятаться, чтобы только не видеть этого равнодушного, холодного лица!

Яшка всхлипнул от ужаса, вскочил, схватил Володю за ноги, вытянул, насколько хватало сил, вверх и, побагровев от натуги, начал трясти. Голова Володи билась по земле, волосы свалялись от грязи. И в тот самый момент, когда Яшка,

Sentant qu'il était à bout de souffle, Iachka se précipita sur Volodia, l'attrapa par le bras, ferma à demi les paupières et tira hâtivement le corps de Volodia vers le haut, tout étonné de voir comme celui-ci le suivait sans effort, avec obéissance. Arrivé à la surface, il aspira l'air avidement, et désormais il n'avait besoin de rien, rien ne lui importait plus, si ce n'est de respirer ainsi et sentir sa poitrine s'emplir, à petits coups, d'un air pur et doux.

Sans lâcher la chemise de Volodia, il entreprit de le pousser vers la rive. Il avait du mal à nager. Ayant senti le fond sous ses pieds, il sortit de l'eau et en tira Volodia. Il tremblait à toucher ce corps glacé, à voir le visage mort, immobile, il se hâtait et se sentait si fatigué, si malheureux...

Après avoir retourné Volodia sur le dos, il lui écarta les bras, lui appuya sur le ventre, lui souffla dans le nez. Il haletait, faiblissait, mais Volodia restait toujours aussi blanc et froid. « Il est mort ! » pensa Iachka avec effroi, et il fut épouvanté. S'enfuir n'importe où, se cacher, pour au moins ne plus voir ce visage indifférent, froid !

Sanglotant de terreur, Iachka se redressa d'un bond, saisit Volodia par les pieds, le tira vers le haut autant que ses forces le lui permettaient et, rougissant sous l'effort, il se mit à le secouer. La tête de Volodia heurtait le sol, la boue avait collé ses cheveux. Mais juste à l'instant où Iachka,

окончательно обессилев и упав духом, хотел бросить все и бежать куда глаза глядят, — в этот самый момент изо рта Володи хлынула вода, он застонал и судорога прошла по его телу. Яшка выпустил Володины ноги, закрыл глаза и сел на землю.

Володя оперся слабыми руками, привстал, точно собираясь куда-то бежать, но снова повалился, снова зашелся судорожным кашлем, брызгаясь водой и корчась на сырой траве. Яшка отполз в сторону и расслабленно смотрел на Володю. Никого сейчас не любил он больше Володи, ничто на свете не было ему милее этого бледного, испуганного и страдающего лица. Робкая, влюбленная улыбка светилась в глазах Яшки, с нежностью смотрел он на Володю и бессмысленно спрашивал:

— Ну как? А? Ну как?..

Володя немного оправился, вытер рукой лицо, взглянул на воду и незнакомым, хриплым голосом, с заметным усилием, заикаясь, выговорил:

— Как я... то-нул...

Тогда Яшка вдруг сморщился, зажмурился, из глаз у него брызнули слезы, и он заревел, заревел горько, безутешно, сотрясаясь всем телом, задыхаясь и стыдясь своих слез.

1 Iouri Kazakov, pensif à la fenêtre, 1970, Russie.

2

3

2   « Comment ils vivent là-bas ? »

3   « Des larmes roulèrent sur les joues de la fille. Elle éclata en sanglots, enfouit son visage dans l'épaule du garçon. »

4   « T'entends…
Je ne reviendrai plus ! T'entends… »

5

6

5 « Tout avait disparu, était maintenant caché et l'isba de Iachka semblait le centre de ce petit monde replié sur lui-même. »

6 « Cela sentait l'humidité, la terre glaise, la vase, l'eau était noire ; (...) ici, près de l'eau, tout était humide, morose et froid. »

7 « Volodia ne répondit rien. Il se contenta d'aspirer l'air à travers ses dents serrées et sourit d'un air conciliant. »

« Toi tu te n-noyais et moi il a bien fallu que je te sau-ve... »

8 « Il y en a un que j'ai sorti, murmura le gamin… »

9 « Les arbres se dessinaient plus nettement. (…) La nuit était finie, le clair-obscur qui devance le point du jour s'installait, ce moment du matin où les coqs, au village, après avoir lancé leur cocorico, se rendorment encore plus profondément. »

10 « J'avais déjà eu le temps de m'éloigner à assez bonne distance, j'avais escaladé une crête, découvert un sentier et me dirigeais vers le lac, quand la chanson de Sémione me rejoignit de nouveau. »

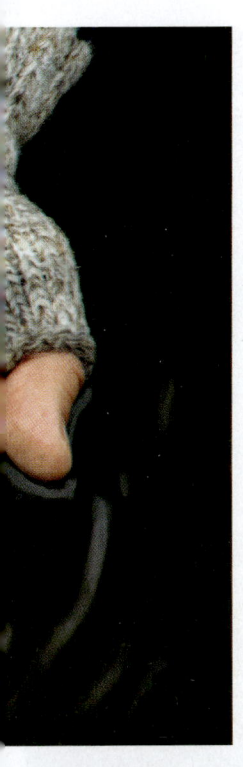

9

10

11 Marc Chagall, *Le lait*, 1917.
Huile sur toile, Musée national russe, Saint-Pétersbourg.

Crédits photographiques

1 : RIA Novosti/akg-images. 2 : Philippe Lopparelli/Tendance Floue. 3 : RIA Novosti/AFP. 4 : © Gert Jochems/Agence VU. 4 : David Turnley/Corbis. 6 : Kompanichenko Sergey/RIA Novosti/AFP. 7 : Kuznetsov/RIA Novosti/AFP. 8 : © Jay Dickman/Corbis. 9 : © Jorma Jaemsen/zefa/Corbis. 10 : Gueorgui Pinkhassov/Magnum Photos. 11 : akg-images © ADAGP, 2009 pour l'œuvre de Marc Chagall.

totalement à bout de forces et découragé, voulait tout abandonner et filer n'importe où, à cet instant précis l'eau jaillit de la bouche de Volodia, il gémit et un spasme convulsa son corps. Iachka lui lâcha les pieds, ferma les yeux et s'assit par terre.

Volodia, prenant appui sur ses bras sans forces, se souleva, comme s'il se préparait à fuir mais tomba de nouveau et fut de nouveau secoué par une toux spasmodique tout en rejetant de l'eau, et se tordant sur l'herbe humide. Iachka s'éloigna de lui en rampant et le regarda, recru de fatigue. Maintenant, il n'aimait personne plus que Volodia, rien au monde ne lui était plus cher que ce visage blême, épouvanté et souffrant. Un sourire timide, plein d'amour, illumina les yeux de Iachka, il regardait Volodia avec tendresse et répétait stupidement :

— Alors, comment va ? Hein ! Comment va ?

Volodia se remit un peu, s'essuya le visage avec la main, jeta un coup d'œil sur l'eau et, d'une voix étrangère, rauque, il dit, dans un effort visible, en bégayant :

— Qu'est-ce que je... je me noyais...

Alors, brusquement, Iachka fit une grimace douloureuse, cligna les paupières, les larmes jaillirent de ses yeux et il éclata en sanglots, en sanglots amers, irréppressibles, frémissant de tout son corps, suffoquant, honteux de ses larmes.

Плакал он от радости, от пережитого страха, от того, что все хорошо кончилось, что Мишка Каюненок врал и никаких осьминогов в этом бочаге нет.

Глаза Володи потемнели, рот приоткрылся, с испугом и недоумением смотрел он на Яшку.

— Ты... что? — выдавил он из себя.

— Да-а... — выговорил Яшка, что есть силы стараясь не плакать и вытирая глаза штанами. — Ты уто-о... утопа-ать... а мне тебя спа-а... спаса-а-ать...

И он заревел еще отчаянней и громче.

Володя заморгал, покривился, посмотрел опять на воду, и сердце его дрогнуло, он все вспомнил...

— Ка... как я тону-ул!.. — будто удивляясь, сказал он и тоже заплакал, дергая худыми плечами, беспомощно опустив голову и отворачиваясь от своего спасителя.

Вода в омуте давно успокоилась, рыба с Володиной удочки сорвалась, удочка прибилась к берегу. Светило солнце, пылали кусты, обрызганные росой, и только вода в омуте оставалась все такой же черной.

Il pleurait de joie, de la peur qu'il avait ressentie, de ce que tout se terminait bien, de ce que **Michka Kaïounenko** avait raconté des histoires et qu'il n'y avait pas de pieuvres dans ce trou.

Les yeux de Volodia s'assombrirent, sa bouche s'entrouvrit, effrayé, perplexe, il regardait Iachka.

— Qu'est-ce que tu as ? finit-il par dire.

— Oui, répondit Iachka, rassemblant toutes ses forces pour ne pas pleurer et s'essuyant les yeux avec son pantalon, toi, tu te n-noyais, et moi il a bien fallu que je te sau-ve...

Et il recommença à sangloter avec plus de désespoir et plus de violence.

Volodia cligna des yeux, son visage se crispa, il regarda encore l'eau, et son cœur battit, il se souvint de tout...

— Qu'est-ce que je me noyais !... dit-il comme s'il s'en étonnait, et à son tour, il se mit à pleurer, ses épaules maigres toutes secouées, la tête baissée avec impuissance, et il se détourna de son sauveur.

L'eau, depuis longtemps, s'était apaisée dans le remous, le poisson s'était détaché de la ligne de Volodia et celle-ci s'était rapprochée de la berge. Le soleil brillait, les buissons flamboyaient, inondés de rosée, et seule l'eau, dans les remous, demeurait aussi noire qu'auparavant.

Воздух нагрелся, и горизонт дрожал в его теплых струях. Издали, с полей, с другой стороны реки, вместе с порывами теплого ветра летели запахи сена и сладкого клевера. И запахи эти, смешиваясь с более дальними, но острыми запахами леса, и этот легкий теплый ветер были похожи на дыхание проснувшейся земли, радующейся новому светлому дню.

L'air s'était réchauffé, l'horizon vibrait sous des nappes de chaleur brûlante. Depuis les champs, au loin, de l'autre côté de la rivière, parvenaient avec des bouffées de vent chaud des odeurs de foin et de trèfle sucré. Et ces odeurs, mêlées à celles de la forêt, plus lointaines, mais puissantes, et ce vent léger et chaud étaient comme la respiration de la terre qui se réveille et se réjouit du jour nouveau, plein de lumière.

1954

Ночь

Nocturne

Мне нужно было попасть на утиное озеро к рассвету, и я вышел из дому ночью, чтобы до утра быть на месте.

Я шел по мягкой пыльной дороге, спускался в овраги, поднимался на пригорки, проходил реденькие сосновые борки с застоявшимся запахом смолы и земляники, снова выходил в поле... Никто не догонял меня, никто не попадался навстречу — я был один в ночи.

Иногда вдоль дороги тянулась рожь. Она созрела уже, стояла недвижно, нежно светлея в темноте; склонившиеся к дороге колосья слабо касались моих сапог и рук, и прикосновения эти были похожи на молчаливую, робкую ласку. Воздух был тепел и чист; сильно мерцали звезды; пахло сеном и пылью и изредка горьковатой свежестью ночных лугов;

Il fallait que je me trouve dès l'aube près du lac aux canards, et je quittai la maison de nuit pour être sur place au petit matin.

Je suivais un doux chemin poussiéreux, dévalais dans des ravins, remontais sur des tertres, traversais de maigres pinèdes à l'odeur de résine et de fraises des bois, et débouchais de nouveau dans la plaine... Personne ne me dépassait, personne ne me croisait, j'étais seul dans la nuit.

Parfois un champ de seigle longeait le chemin. Il était déjà mûr, se dressait immobile et luisait délicatement dans la pénombre ; s'inclinant vers le chemin, les épis effleuraient légèrement mes bottes et mes mains, et ces frôlements ressemblaient à une caresse timide et silencieuse. L'air était chaud et pur, les étoiles scintillaient avec intensité ; on sentait une odeur de foin et de poussière, et, par instants, la fraîcheur un peu amère des prairies nocturnes ;

за полями, за рекой, за лесными далями слабо полыхали зарницы.

Скоро дорога, мягкая и беззвучная, ушла в сторону, и я ступил на твердую мозолистую тропку, суетливо вившуюся вдоль берега реки. Запахло речной сыростью, глиной, потянуло влажным холодом. Плывущие в темноте бревна изредка сталкивались, и тогда раздавался глухой слабый звук, будто кто-то тихонько стукнул обухом топора по дереву. Далеко впереди на другой стороне реки яркой точкой горел костер; иногда он пропадал за деревьями, потом снова появлялся, и узкая прерывистая полоска света тянулась от него по воде.

Хорошо думается в такие минуты: вспоминается вдруг далекое и забытое, обступают тесным кругом когда-то знакомые и родные лица, и мечты сладко теснят грудь, и мало-помалу начинает казаться, что все это уже было когда-то... Будто проходил уже прохладными от сырости оврагами и сухими борками, и река темнела, с плеском обрывались в нее куски подмытого берега,

par-delà les champs, la rivière, les lointains sylvestres, flamboyaient faiblement des éclairs de chaleur.

Bientôt le chemin, doux et silencieux, obliqua, je pris un petit sentier dur et rocailleux qui serpentait, affairé, le long de la berge de la rivière. On sentait la fraîcheur de l'eau, une odeur de glaise, l'air était froid et humide. Flottant dans l'obscurité, des rondins s'entrechoquaient parfois et l'on entendait alors un bruit faible, assourdi, comme si quelqu'un du bout d'une hache avait tout doucement cogné sur un arbre. Loin devant, de l'autre côté de la rivière, comme un point lumineux, flambait un feu de bois. Parfois il disparaissait derrière les arbres, ensuite, de nouveau il apparaissait, et de là s'étendait sur la rivière une étroite bande de lumière coupée d'ombres.

La pensée travaille bien en de tels instants : on se souvient tout à coup de choses lointaines et oubliées, on est entouré du cercle étroit des visages jadis familiers et chers, des rêves oppressent délicieusement le cœur, et, petit à petit, il commence à apparaître que tout cela a déjà existé, jadis... comme si on avait déjà traversé ces ravins rafraîchis par l'humidité, ces pinèdes sèches, et qu'on avait déjà vu cette rivière sombre, où avec un clapotis s'abîment des morceaux de la berge affouillée par les eaux,

тихонько стукались плывущие по воде бревна, появлялись и исчезали черные стога сена, и деревья с искривленными в немой борьбе ветвями, и зарастающие тиной озерца с черными окнами... Только никак не вспомнить, где же, когда это было, в какую счастливую пору жизни.

Я шел уже часа полтора, а до озера было еще далеко. Ночью тяжело идти: надоедает спотыкаться о корни и кротовые кучи, устаешь от боязни сбиться с дороги, заблудиться в незнакомом лесу. Я почти жалел уже, что ушел ночью из дому, и думал, не присесть ли под деревом, не подождать ли рассвета, как вдруг до меня донесся тонкий дрожащий звук, похожий на песню. Я остановился, прислушался... Да, это была песня! Слов нельзя было разобрать, слышалось только протяжное «Оооо... Ааaoo...», — но я обрадовался этому голосу и на всякий случай прибавил шагу. Песня не приближалась и не удалялась, а все так же тянулась тонкой запутанной нитью. «Кто это? — думал я. — Сплавщик? Рыбак? Охотник? А может быть, как и я, идет ночью, идет впереди меня и, чтобы не было скучно, поет?»

où se heurtent tout doucement les rondins flottant sur l'eau, déjà vu apparaître et disparaître ces noires meules de foin, et ces arbres aux branches tordues dans une lutte muette, et ces petits lacs envahis par la vase, avec leurs fenêtres noires... Seulement, impossible de se rappeler où donc et quand cela fut, à quelle époque heureuse de la vie.

Je marchais déjà depuis une heure et demie, mais j'étais encore loin du lac. La nuit, la marche est pénible. On en a assez de buter sans cesse contre les racines et les taupinières, on est las de craindre de se tromper de chemin, de s'égarer dans une forêt inconnue ! Je regrettais presque d'être parti de nuit et me demandais si je n'allais pas m'asseoir un peu sous un arbre, attendre l'aube, quand soudain me parvint un son ténu et tremblant, semblable à une chanson. Je m'arrêtai, prêtai l'oreille... Oui, c'était une chanson ! Impossible de distinguer les paroles, on ne percevait qu'un « Oooo... Aaoo... » qui s'étirait, mais je me réjouis d'entendre cette voix et, à tout hasard, pressai le pas. La chanson ne se rapprochait ni ne s'éloignait, mais continuait toujours à s'étirer en un fil ténu enchevêtré. « Qui est-ce ? pensai-je. Un flotteur de bois ? Un pêcheur ? Un chasseur ? Mais peut-être tout comme moi, il marche dans la nuit, il marche devant moi, et pour ne pas s'ennuyer, il chante ? »

Я пошел быстрее, выдрался из елового колка, прошел осиновым подлеском и наконец внизу, в небольшом распадке, окруженном со всех сторон густым лесом, увидел костер. Возле него, подперев рукой голову, лежал человек, смотрел в огонь и негромко пел.

Спускаясь вниз, я споткнулся, громко затрещал валежником, человек у костра замолчал, живо повернулся, вскочил и стал вглядываться в мою сторону, загораживаясь ладонью от костра.

— Кто тут? — вполголоса испуганно спросил он.

— Охотник, — ответил я, подходя к костру. — Не бойтесь...

— А я и не боюсь. — Он сделал равнодушное лицо. — Мне что! Охотник так охотник...

Человек, на чью песню я так спешил, оказался кривоногим парнем лет шестнадцати. Он был некрасив, с худой кадыкастой шеей и большими оттопыренными ушами. Одет он был в телогрейку, замасленные ватные брюки и кирзовые сапоги. На голове, будто приклеенная, сидела маленькая кепочка с коротким козырьком.

Несколько секунд он пристально разглядывал меня, потом с видимым любопытством спросил:

J'allai plus vite, m'extirpai d'un boqueteau de sapins, traversai un taillis de trembles et enfin, tout en bas, dans un étroit vallon entouré de tous côtés par une forêt épaisse, j'aperçus le feu. Près de lui, la tête appuyée sur un bras, un homme était allongé, qui regardait le feu et chantait tout bas.

En descendant, je trébuchai, fis craquer du bois mort. L'homme près du feu se tut, se retourna avec vivacité, sauta sur ses pieds et se mit à regarder attentivement de mon côté, tout en se protégeant les yeux de la lueur du feu avec la main.

— Qui est là ? demanda-t-il effrayé à mi-voix.

— Un chasseur, répondis-je en m'approchant du feu. N'ayez pas peur...

— Oh, je n'ai pas peur ! — Il prit un air indifférent. — Qu'est-ce que ça peut me faire ? Si c'est un chasseur c'est un chasseur...

Celui dont la chanson m'avait fait tant me hâter se trouva être un adolescent aux jambes torses d'environ seize ans. Il n'était pas beau : un cou maigre avec une pomme d'Adam, de grandes oreilles décollées. Il portait un chandail, un pantalon ouaté graisseux, des bottes en faux cuir. Sur sa tête, une petite casquette à visière courte, qui semblait collée à son crâne.

Pendant quelques secondes, il me considéra attentivement, puis me demanda, avec une visible curiosité :

— За утями идете?

— Да вот хочу на озеро пройти, — сказал я, снимая ружье.

— Это на какое же?

Я объяснил.

— Ну, тут близко! — успокоил он меня и, повернув голову к реке, прислушался.

— Это не вы сейчас кричали? — спросил он немного погодя.

— Нет... А что?

— Не знаю, кричал кто-то... Крикнет, помолчит, опять крикнет... Я хотел было идти, да Лешка забоялся, брат мой...

Он снова замолчал, и я услышал частые легкие шаги. Кто-то бежал от реки сюда, к костру.

— Семен, Семен! — послышался испуганный и восторженный мальчишеский голос. Из темноты на свет костра выскочил мальчик лет восьми в большой, не по росту, телогрейке. Увидев меня, он сразу остановился и, приоткрыв рот, стал переводить взгляд с меня на Семена.

— Ну что? — лениво спросил Семен.

— Ой, Семен! Сидит ктой-то! — Мальчик снова посмотрел на меня и перевел дух. — На двух крайних нету,

— Vous allez aux canards ?

— Oui, je veux arriver au lac, dis-je en posant mon fusil.

— Lequel donc ?

Je m'expliquai.

— Eh bien, c'est près d'ici ! dit-il pour me tranquilliser et, tournant la tête vers la rivière, il prêta l'oreille.

— Ce n'est pas vous qui avez crié tout à l'heure ? demanda-t-il au bout d'un instant.

— Non... Pourquoi ?

— Je ne sais pas, quelqu'un criait... Un cri, un silence et de nouveau un cri. Je voulais y aller voir, mais Liochka a eu peur, mon frère...

Il se tut de nouveau, et à plusieurs reprises j'entendis des pas légers. Quelqu'un arrivait de la rivière en courant et se dirigeait vers le feu.

— Sémione, Sémione ! s'exclama une voix de gamin, effrayée et triomphante. De l'obscurité bondit vers la lumière du brasier un garçonnet d'environ huit ans vêtu d'un grand chandail qui n'était pas à sa taille. À ma vue, il s'arrêta pile, et, la bouche entrouverte, nous regarda tour à tour, Sémione et moi.

— Qu'est-ce qu'il y a ? demanda Sémione nonchalamment.

— Oh ! là ! là ! Sémione ! Il y en a un ! dit le gamin qui me regarda de nouveau et reprit haleine. Sur les deux lignes du bout y a rien,

а на средней сидит! Я рукой взялся, а там — ходит!

— Врешь!

— Большая рыбина ходит! — И он сделал рукой волнообразное движение, показывая, как «ходит».

Семен вскочил, подтянул штаны и, пробормотав: «Я сейчас!», пропал в темноте. Мальчик некоторое время, не моргая, смотрел на меня, потом, не отводя от меня взгляда, ступил назад раз, ступил другой, повернулся и тоже бросился в темноту — только ноги затопотали.

Скоро я услышал странную возню, приглушенные голоса, плеск воды; затем все стихло, раздались шаги, и ребята вернулись к костру. Семен нес на вытянутой руке небольшую стерлядку. Стерлядка слабо шевелила хвостом.

Запихнув рыбу в полотняную сумку, Семен сел возле меня и, улыбнувшись, сказал:

— Вот так и ловим. Три штуки уже поймали.

— Одну я вытащил, — прошептал мальчик и, потупившись, стал теребить пуговицу на телогрейке.

— Но-но! — веско произнес Семен и зловеще замолчал.

mais il est sur celle du milieu ! Je l'ai prise en main, mais là-bas, il y va !

— Tu blagues !

— C'est un grand poisson, et il y va ! dit-il en faisant de la main un mouvement ondulatoire pour montrer comment il « y va ».

Sémione se releva d'un bond, remonta son pantalon, et, après avoir marmonné : «J'y vais tout de suite», disparut dans l'obscurité. Le gamin me considéra un certain temps sans broncher, puis, sans me quitter des yeux, fit un premier pas en arrière, puis un autre, se retourna, se précipita lui aussi dans l'obscurité et il n'y eut plus qu'un piétinement.

J'entendis bientôt un étrange remue-ménage, des voix étouffées, un clapotis dans l'eau : ensuite tout redevint silencieux, il y eut un bruit de pas et les gars revinrent près du feu. Sémione portait à bras tendu un sterlet de petite taille. Le sterlet agitait faiblement sa queue.

Le poisson glissé dans sa musette de toile, Sémione s'assit près de moi, et me dit en souriant :

— C'est comme ça que nous les pêchons. On en a déjà pris trois.

— Il y en a un que j'ai sorti, murmura le gamin et, les yeux baissés, il se mit à tirailler un bouton de son chandail.

— Allons donc ! fit Sémione avec autorité, et il retomba dans un silence de mauvais augure.

Мальчик засопел и еще больше смутился.

— Брат мой, — отрекомендовал мне его Семен. — Лешка. Вы не глядите, что он тихий, — притворяется...

Леша пробубнил себе что-то под нос.

— Что? — Семен широко открыл глаза. — Что ты сказал?

— Ничего... — испугался Леша.

— Смотри у меня! — Семен исподлобья глянул на меня, и вдруг мгновенная озорная улыбка осветила его лицо, блеснули глаза, сверкнули зубы, даже уши сдвинулись. Леша тоже фыркнул, но тотчас спохватился и еще ниже опустил голову. Семен полез в карман, немного помедлил, вытащил наконец измятую пачку папирос, закурил и предложил мне. Я отказался.

— Не курите, значит? — сожалеюще сказал Семен и покосился на Лешу. Потом облокотился, сладко зевнул, поежился и замер, мечтательно глядя в огонь. Лицо его затуманилось и приняло то теплое, неопределенное и поэтическое выражение, какое бывает у людей, думающих о чем-то неясном, но очень хорошем. Костер потухал, угли, остывая, подергивались красноватым пеплом;

Le gamin renifla et se troubla encore davantage.

— C'est mon frère, dit Sémione en me le présentant, Liochka. N'allez pas croire qu'il est paisible, il fait semblant...

Liochka grommela quelque chose entre ses dents.

— Quoi ? — Sémione ouvrit ses yeux tout grands. — Qu'est-ce que t'as dit ?

— Rien..., répondit Liochka effrayé.

— Gare à toi ! dit Sémione en me regardant en dessous, et soudain un sourire espiègle éclaira un instant son visage, ses yeux brillèrent, ses dents étincelaient, même ses oreilles se mirent en mouvement. Liochka pouffa de rire aussi, mais se ressaisit aussitôt et baissa encore plus la tête. Sémione fouilla dans sa poche, s'y attarda un peu, finit par en tirer un paquet de cigarettes froissé, en alluma une et m'en offrit. Je refusai.

— Vous ne fumez pas, faut croire ? me dit-il avec regret, en louchant vers Liochka. Puis il s'accouda, bâilla voluptueusement, se ramassa sur lui-même et s'immobilisa, regardant le feu d'un air rêveur. Son visage s'assombrit et prit cette chaude expression, indéfinie et poétique, des gens qui pensent à quelque chose de vague, mais de très agréable. Le feu s'éteignait, les braises, en se refroidissant, se couvraient d'une cendre rougeâtre ;

кругом стояла глухая ночная тишина, только наверху, где-то в кустах, позванивая боталом, бродила лошадь.

Леша внезапно поднял голову и прислушался.

— Идет ктой-то, — боязливо выговорил он и пересел ближе к Семену.

— Ерунда! — сказал Семен и покосился на мое ружье.

Несколько секунд прошли в безмолвии, затем явственно послышался хруст валежника. Семен загадочно посмотрел на меня и напряженно усмехнулся.

— Медведь, наверно, — прошептал Леша и еще ближе подвинулся к Семену. Глаза его с расширенными зрачками стали огромными.

— Полуношничаем, рыбаки? — неожиданно громко раздался хрипловатый голос, и к костру, как-то сразу обозначившись, подошел пожилой человек с ружьем. Не взглянув на нас, он вытянул ногу к огню и стал, огорченно покряхтывая, разглядывать оторвавшуюся подметку.

— Ах, будь ты неладна, — бормотал он. — Вот оказия, а? Ну что, угадал я? Рыбачите? — снова обратился он к нам и поднял голову. — Э-э, да тут знакомые! — Он улыбнулся ребятам. — Что же, много наловили?

autour de nous régnait le calme profond de la nuit et seul, quelque part là-haut, dans les buissons, un cheval errait, faisant sonner ses sabots.

Liochka releva brusquement la tête et prêta l'oreille.

— Y a quelqu'un qui vient, dit-il craintivement en venant s'asseoir plus près de Sémione.

— Bêtises ! dit Sémione, en louchant vers mon fusil.

Quelques secondes s'écoulèrent sans une parole, puis on entendit nettement craquer du bois mort. Sémione me regarda d'un air de mystère, et sourit d'un air contraint.

— C'est sûrement un ours, murmura Liochka qui se rapprocha encore davantage de Sémione, et ses yeux aux prunelles dilatées devinrent énormes.

— Alors, on joue les noctambules, les pêcheurs ? retentit étonnamment fort une grosse voix enrouée, tandis que, surgissant brusquement, un homme d'un certain âge portant un fusil s'approchait du brasier. Sans nous regarder, il tendit une jambe vers le feu, et, gémissant d'un air navré, il examina avec attention sa semelle arrachée.

— Que le diable t'emporte, marmonna-t-il. En voilà une histoire, hein ! Pas vrai, j'ai deviné ? Vous êtes à la pêche ? poursuivit-il en se tournant vers nous et en levant la tête. Eh ! eh ! Mais là, c'en est que je connais ! — Il sourit aux enfants. — Alors, vous en avez pris beaucoup ?

Семен воровато бросил папироску в костер и строго посмотрел на Лешку. Тот фыркнул.

— Маловато, Петр Андреич, — смущенно заулыбался Семен. — Разве вот под утро что будет...

— А ну, покажь, покажь...

Семен с готовностью вывалил рыбу из сумки.

— А, стерлядки, — с удовольствием выговорил Петр Андреевич. — Ну и хорошо. Мелковаты только.

— Раз на раз не приходится, Петр Андреич.

— А конечно, — охотно согласился Петр Андреевич и задумался. Глядя в огонь, будто уйдя от нас куда-то, он машинально полез в карман, вынул папиросы, закурил, бросил спичку в костер и все так же бездумно проследил, как она горела маленьким ярким пламенем и, погаснув, растаяла, слилась с розовым пеплом.

Был он не стар, но с глубокими морщинами на щеках; губы тонкие, нос длинный и тоже тонкий, лоб — шишковатый, узкий. Вообще лицо его производило впечатление чего-то жесткого, напряженного. Ружье у него было старое, одноствольное, с перетянутым проволокой прикладом,

Sémione, à la dérobée, jeta sa cigarette dans le feu et regarda sévèrement Liochka. Celui-ci pouffa de rire.

— Pas beaucoup, Piotr Andréiévitch, sourit Sémione avec confusion. Peut-être bien que vers le matin il y aura quelque chose...

— Allons, voyons, montre un peu, montre un peu...

Sémione s'empressa de tirer le poisson de sa musette.

— Eh! des sterlets, déclara Piotr Andréiévitch avec satisfaction. Allons, c'est bien, seulement, ils sont un peu petits.

— Ça ne marche pas à tous les coups, Piotr Andréiévitch.

— Mais bien sûr, acquiesça volontiers celui-ci, et il resta pensif. Regardant le feu, comme s'il nous quittait pour aller on ne sait où, il fouilla machinalement dans sa poche, tira des cigarettes, en alluma une, jeta l'allumette dans le feu et la suivit d'un regard toujours aussi absent, tandis qu'elle brûlait avec une petite flamme claire, et, en s'éteignant, s'amenuisait, fondait en cendre rose.

Il n'était pas vieux, mais il avait sur les joues des rides profondes ; des lèvres fines, un nez long et fin aussi, un front étroit, couvert de bosses. Tout son visage donnait l'impression de je ne sais quoi de brutal, de tendu. Il avait un vieux fusil à un coup, avec une crosse serrée par du ligneul,

из сапога с оторвавшейся подметкой выглядывала портянка...

— А вы что, или на Суглинки идете? — спросил вдруг Семен.

— А? — вздрогнул Петр Андреевич. — На Суглинки? Почто на Суглинки? Бреду дальше...

— А то наш механик давеча полную сумку приволок оттуда.

— Двух щук поймал на дорожку, — вставил Леша. — Бо-ольшие щуки.

— Это Попов-то? — спросил Петр Андреевич. — Ну, ему хорошо — он с собакой. Нет, я дойду до Овшанки, а там полевее, акурат у реки, озерцо есть, маленькое озерцо-то...

— Около Овшанки? — задумчиво переспросил Семен. — Нет, в тех краях не был я... Не приходилось. Я все больше по этому берегу места знаю.

Снова помолчали. Петр Андреевич переступал с ноги на ногу, негромко покашливал. Леша свернулся калачиком возле брата. Ему было очень хорошо, это проглядывало решительно во всем; в уютной позе, в блеске глаз, частой улыбке...

et de sa botte à la semelle arrachée sortait une chaussette russe[1]...

— Mais vous, qu'est-ce que vous faites ? Vous n'allez pas à Souglinki ? demanda soudain Sémione.

— Hein ? sursauta Piotr Andréiévitch. À Souglinki ? Pourquoi ça à Souglinki ? J'irai traîner plus loin.

— C'est que notre mécanicien a ramené de là tantôt une pleine musette.

— En chemin, il a attrapé deux brochets, intervint Liochka, des é-nor-mes brochets.

— Qui ça, Popov ? demanda Piotr Andréiévitch. Pour lui, c'est bon, il a un chien. Non, j'irai jusqu'à Ovchanka, et là, un peu sur la gauche, juste près de la rivière, il y a un petit lac, un mignon petit lac...

— Près d'Ovchanka, répéta Sémione rêveusement, non, je n'ai jamais été dans ces coins-là... ça ne s'est pas trouvé. Je connais plutôt les endroits sur cette rive.

Ils se turent de nouveau. Piotr Andréiévitch piétinait sur place, toussotait sans bruit. Liochka s'était pelotonné, en chien de fusil, près de son frère ; il se trouvait très bien, tout le montrait de façon évidente : sa position confortable, l'éclat de ses yeux, ses sourires répétés.

---

1. La chaussette russe est une bande de tissu que l'on enroule autour du pied et de la jambe en guise de chaussette ou par-dessus la chaussette. On les porte surtout avec des bottes.

— Не знаешь, перевозчик у себя? — спросил Петр Андреевич.

— У себя. Давеча проплыл вверх. С гармошкой плыли... Гуляют они. Сын женился. Мотьку Медуницыну из второго цеха взял.

— Это рябенькая такая?

— Она. Чего он хорошего в ней нашел? Я бы не женился на такой...

— Ну, ты еще в этих делах не понимаешь, — усмехнулся Петр Андреевич и повернул голову в сторону перевоза, как бы надеясь услышать гуляние. — Так гуляет, говоришь, перевозчик-то? А он перевезет ли меня? — обеспокоился вдруг он. — Не повезет, пожалуй, а? А то — повезет, да и утопит? Пьяные, наверно, все...

Семен тоже повернулся в сторону перевоза.

— Кто ее знает, — сказал он неуверенно. — Да вы лодку-то сами отвяжите, да и переедете У него ведь их три, лодки-то.

— А и верно! — Петр Андреевич засмеялся и посмотрел на свой сапог.

— А тут еще тоже холера! Подошва-то напрочь отскочила. Нет ли веревочки?

— Tu ne sais pas si le passeur est chez lui ? demanda Piotr Andréiévitch.

— Si, il y est. Tantôt, il est parti vers l'amont. Ils avaient un accordéon dans leur barque... Ils se donnent du bon temps. Le fils s'est marié. C'est la Motka Medounitsyna, de l'atelier numéro deux, qu'il a épousée.

— C'est celle qui a le visage un peu grêlé ?

— Oui, c'est ça. Qu'est-ce qu'il lui a trouvé de bien ? Je ne me serais pas marié avec une fille comme ça...

— Allons, ces histoires, tu n'y entends rien, encore, sourit Piotr Andréiévitch en tournant la tête du côté du bac, comme s'il espérait entendre la fête. Alors, il se donne du bon temps, que tu dis, ce passeur ? Mais il va me faire traverser ? s'inquiéta-t-il soudain. Il ne me prendra pas, peut-être bien, hein ? Et s'il m'embarque et qu'il me noie ? Ils sont saouls, pour sûr, tous...

Sémione se tourna, lui aussi, du côté du passage.

— Qui sait ? dit-il avec hésitation. Vous n'avez qu'à détacher vous-même une barque et traverser. C'est qu'il en a trois, des barques.

— Ma foi, c'est vrai ! dit Piotr Andréiévitch en éclatant de rire, et il regarda sa botte. Et voilà bien encore la poisse ! Ma semelle a complètement foutu le camp. Il n'y a pas de la ficelle ?

Иду, понимаешь, темень... О корень споткнулся, будь ты неладна, — только трыкнуло!

Леша вытащил из-за пазухи кусок бечевки. Петр Андреевич взял его, подергал и стал перевязывать головку сапога.

— Вы на что ловите-то? — невнятно спросил он.

— На подонник, — быстро ответил Семен. — На миногу.

— На миногу? Это хорошо, на миногу, она ее любит, стерлядка-то. А тут я иду, смотрю, на той стороне волки воют. Не слыхали? Подрос, видно, молодняк-то.

— У наших соседей, — оживился Леша, — волк козу утащил. Прямо днем! Коза-то старая была, худая. Как он ее схватил, она мемекнула – и готова! А он через огород да в поле, да полем, полем в лес... Дядя Федор с топором выскочил, глянул, да как топором в стенку саданет! Так и сейчас в стене торчит, никто вынуть не может...

— Это верно, было такое дело, — подтвердил Семен. — А то еще было: иду я тут как-то с рыбалки, а уж вечер, смерклось... Так только, немного на закате желтеет, да

Je marche, tu comprends, il fait noir... J'ai trébuché sur une racine, que le diable l'emporte !... seulement, me voilà frais !

Liochka tira de sous sa blouse un morceau de ficelle. Piotr Andréiévitch le prit, l'étira et entreprit d'entortiller le bout de sa botte.

— Avec quoi vous amorcez ? demanda-t-il en mangeant ses mots.

— Avec l'éphémère, répondit vivement Sémione. Avec la lamproie.

— La lamproie ? c'est bien, la lamproie, il aime ça, le sterlet. Mais je vais là-bas, je vais voir, de l'autre côté les loups hurlent. Vous ne l'avez pas entendu dire ? Les jeunes, ils ont sûrement grandi.

— Chez nos voisins, dit Liochka avec animation, un loup a enlevé une chèvre. En plein jour ! La chèvre, ma foi, était vieille, maigre. Quand il l'a attrapée, elle a fait des mê... mê, et hop, terminé ! Et lui, il a pris par le potager dans le champ, et par le champ, oui, par le champ, dans la forêt... L'oncle Fédia est sorti d'un bond avec sa hache, il a jeté un coup d'œil et il a planté sa hache dans le mur ! Même qu'elle est encore fichée dedans, et que personne ne peut la retirer...

— C'est vrai, ça s'est passé ainsi, confirma Sémione. Et puis, il y a aussi ça : une fois je m'en vais par là, en revenant de la pêche, c'était le soir, la nuit tombait... Il n'y avait guère qu'un peu de jaune sur le couchant, mais

дорога видна хорошо. И вот прошел я лесок, что за кладбищем — знаете? — и будто кто меня толканул; оборотился я и сперва не разобрал, а после гляжу, возле кустов будто темнеет что и глаза горят, ровно гнилушки. Трое их, значит, сидят и на меня глядят, а у меня ноги сразу встали, как другой раз во сне бывает: хотел бы бежать, да не могу, и потом ошибло. Думал — конец, но обошлось. Не тронули.

— Летом они к человеку смирные, не трогают, — уверенно сказал Петр Андреевич.

— Дядя Петь... — начал Леша, взглянул на нас и улыбнулся. — А ведь мы на вас думали — медведь! Идет похрястывает...

— Кто думал-то? — Семен пожал плечом. — Сам думал, так на других не вали.

— Нет, ребятки, — улыбнулся Петр Андреевич. — Медведь на огонь не полезет. Хотя и так рассудить: кто тут по ночам бродит? Только медведи да охотники... Тоже охотник? — обратился он

on voyait bien la route. Et me voilà qui passe le petit bois, celui qui est derrière le cimetière, vous le connaissez ? J'ai cru que quelqu'un m'avait heurté. Je me retourne, et d'abord je ne distingue rien, puis je regarde : près des buissons, j'ai cru voir une masse noire et des yeux qui luisent, pareils à du bois pourri. Trois qu'ils étaient, assis là et qui me regardent et moi mes jambes, du coup, m'ont lâché comme des fois ça arrive en rêve. J'aurais voulu fuir, mais je ne peux pas, et j'étais tout en sueur. J'ai pensé : « c'est la fin » mais je m'en suis tiré. Ils ne m'ont pas touché.

— L'été, ils sont pacifiques envers l'homme, ils ne le touchent pas, déclara avec conviction Piotr Andréiévitch.

— Oncle[1] Piotr..., commença Liochka après un regard vers nous, et il sourit. Dire qu'on croyait que vous étiez un ours ! On entendait des craquements...

— Qui ça, qui croyait ? — Sémione haussa les épaules. — Toi, tu croyais. Alors ne le colle pas sur le dos des autres.

— Non, les gars, fit Piotr Andréiévitch en souriant, un ours n'approchera jamais d'un feu. Pourtant, à bien y réfléchir, qui erre par ici la nuit ? Seulement les ours et les chasseurs... Vous êtes chasseur, vous aussi ? poursuivit-il, en se tournant

---

1. Mot gentil et familier utilisé par les enfants quand ils s'adressent aux adultes.

ко мне. — Может, места здешние не знакомы вам, так пойдемте со мной. Не хотите? Ну-ну... Конешно, всякий ко своему месту стремится.

Петр Андреевич посмотрел на звезды, протянул широкую темную ладонь Семену.

— Прощай покуда. Побреду, а то скоро светать начнет. Да! Ведь я слыхал тебя прошлый раз в клубе-то... Отец небось гордится? Молодец!

Он похлопал Семена по плечу, кивнул нам с Лешей и пошел во тьму, осторожно ступая перевязанным сапогом. Семен сидел низко опустив голову, ковырял мозоли на ладони, хмыкал. Уши его потемнели.

Леша вдруг потянулся, выгибаясь всем телом, зевнул и потер глаза.

— Спать охота, — заявил он.

— Ну и спи. — Семен почесал брата за ухом. — Спи.

— Да. — Леша недоверчиво улыбнулся. — А сам утром пойдешь проверять и не разбудишь.

— Да разбужу, вот чудашка!

— Дай честное комсомольское!

vers moi. Peut-être que vous ne connaissez pas bien les coins par ici, alors, venez avec moi. Vous ne voulez pas ? Alors, ma foi... bien sûr, chacun va de son côté, à sa guise.

Piotr Andréiévitch examina les étoiles et tendit à Sémione sa large paume brunie.

— Et maintenant, adieu. Je vais encore traîner un peu sans quoi il va bientôt faire jour. Oui ! Dis donc, je t'ai entendu, la dernière fois, au club... Il doit être fier de toi, ton père ? Bravo !

Il donna à Sémione une tape sur l'épaule, fit un signe de tête à Liochka et à moi, et s'enfonça dans l'obscurité, en posant avec précaution sa botte rafistolée. Sémione assis, la tête très penchée en avant, grattait les durillons de ses mains, reniflait. Ses oreilles avaient un peu foncé.

Liochka s'étira soudain, tout le corps cambré, bâilla et se frotta les yeux.

— J'ai sommeil, déclara-t-il.

— Eh bien, dors ! — Sémione gratta son frère derrière l'oreille. — Dors !

— Oui. — Liochka sourit avec méfiance. — Et toi demain matin tu iras tout seul relever les lignes et tu ne me réveilleras pas...

— Mais si, je te réveillerai. Quel ballot !

— Donne-moi ta parole de komsomol[1].

---

1. Membre de la jeunesse communiste à l'époque soviétique.

Семен взглянул на брата, снисходительно улыбнулся и лег на спину. Было примерно около двух часов, тьма стала как будто еще плотнее, хотелось лечь и смотреть попеременно в огонь, на звезды, на едва видные ближние деревья, слушать редкие и неясные ночные звуки, гадая, птица ли перепорхнула, шишка ли упала или так что померещилось...

— Лешка! — встрепенувшись, сказал Семен. — Тащи дров!

Лешка вскочил, исчез во тьме, громко затрещал сучьями и скоро принес целую охапку сушняку. Отобрав сучья поменьше, он навалил их на костер, сел на корточки и, выпучив глаза, стал раздувать огонь. Он дул так сильно, что от костра полетели угольки, тучей поднялся пепел.

— Гляди, лопнешь, — серьезно заметил Семен.

Леша поднял голову, взглянул на нас бессмысленным взглядом и продолжал дуть с неистовой силой. Наконец сучья все разом ярко вспыхнули, затрещали, вверх полетели крупные искры. Стало горячо, и мы, жмурясь, отодвинулись от огня.

Sémione regarda son frère, sourit d'un air indulgent et se coucha sur le dos. Il était près de deux heures, approximativement, l'obscurité semblait s'être encore épaissie, on avait envie de s'allonger, de regarder tour à tour le feu, les étoiles, les arbres les plus proches à peine visibles, d'écouter les bruits nocturnes rares et indistincts, en essayant de deviner si c'était un oiseau qui voltigeait, une pomme de pin qui était tombée ou si on avait seulement eu l'impression...

— Liochka ! appela Sémione en sortant de sa torpeur. Va chercher du bois !

Liochka bondit, disparut dans l'obscurité, dans un grand craquement de branches, et rapporta bientôt une pleine brassée de bois sec. Ayant choisi les morceaux les moins gros, il les entassa sur les braises, s'accroupit et, les yeux écarquillés, il souffla sur le feu. Il soufflait si fort que des brindilles enflammées s'envolèrent et un nuage de cendre s'éleva.

— Attention, tu vas éclater ! observa sérieusement Sémione.

Liochka releva la tête, nous regarda d'un air absent et continua à souffler avec une force frénétique. Enfin les branches prirent feu toutes ensemble en jetant une vive lumière, se mirent à craquer et de grosses étincelles jaillirent vers le ciel. Il commença à faire très chaud et nous nous écartâmes du feu, en clignant les yeux.

Я полюбопытствовал, за что хвалил Семена Петр Андреевич. Семен смутился и опять принялся за свою ладонь.

— Да так, вообще... — пробормотал он.

— Он у нас всякую музыку сочиняет, — охотно сказал Леша. — У нас в школе даже два раза играл и в клубе...

— Ну? — повернулся к нему Семен. — Дальше что?

— Ничего...

— Тогда помалкивай!

Семен кинул на меня быстрый испытующий взгляд и нехотя признался:

— Вообще-то, конечно, любитель я этого дела.

— Ему батя баян купил, — опять не вытерпел Леша. — Он, знаете, как на баяне играет! Он что хочешь вам сыграет!

— Это верно, — подтвердил Семен и вздохнул. — Верно, играю. А только у меня мечта есть, такая мечта! Как песня раскрывается? Ведь песню-то, ее можно всяко повернуть, и сыграть ее можно, как никто не играл. Правильно я говорю? Я как играю? Беру мелодию и прибавляю к ней еще голос, и вот песня уже сама по себе, а голос вроде сам по себе.

J'eus la curiosité de demander pourquoi Piotr Andréiévitch avait félicité Sémione. Celui-ci se troubla et recommença à s'en prendre à sa paume.

— Comme ça, en somme..., marmonna-t-il.

— Il nous compose des tas de musique, expliqua volontiers Liochka. Il a même joué deux fois dans notre école, et aussi au club...

— Et alors, fit Sémione en se retournant vers lui, et après, quoi ?

— Rien...

— Alors, boucle-la !

Sémione me lança un rapide coup d'œil scrutateur et avoua à contrecœur :

— En somme, bien sûr, je suis un amateur de cette chose-là.

— Le père lui a acheté un accordéon, reprit Liochka qui ne se contenait plus. Si vous saviez comme il en joue, de l'accordéon ! Tout ce qu'on veut, il vous le joue !

— C'est vrai, confirma Sémione avec un soupir, c'est vrai, je joue. Je n'ai qu'un rêve, et quel rêve ! Une chanson, comment ça se développe ? une chanson, on peut la tourner de toutes les façons, et on peut la jouer comme personne ne l'a jouée. C'est vrai ce que je dis ? Moi, comment je joue ? Je prends une mélodie et j'y ajoute encore une voix et voilà, la chanson existe déjà par elle-même, et la voix, on dirait qu'elle existe par elle-même.

А можно, ежели мало, еще один голос прибавить, и тогда уж получится совсем иная музыка. Но и тут не все. Это только правая рука, а в левой — там гармония. Аккорды, значит. Возьмешь аккорд, вроде и хорошо, но ежели прикинуть на тонкий слух, то чистоты настоящей и вкусу нету. Нету истинной чистоты! А песня, особо ежели долгая, она должна свой запах иметь, как вот река или лес. Я вот беру в клубе сборники для баяна. Ну, сыграю и вижу: не то! Схватит меня за сердце, не могу я, ну, совсем не могу — и начинаю по-своему перекладывать...

Он вдруг подозрительно вгляделся в меня, стараясь угадать, не смеюсь ли я над ним. И, успокоенный, продолжал, часто моргая, шевеля пальцами темных рук:

— У меня мечта есть... Сочинить одну вещь, чтобы вот такую ночь изобразить. А что? Лежу ночью у костра, и вот у меня в ушах так и играет так и мерещится. А сочинил бы я так: сперва, чтобы скрипки вступили тонко-тонко. И это была бы вроде как тишина. А потом еще и скрипки тянут, а уже заиграет этот... английский рожок, таким звуком —

Il est possible, si c'est trop peu, d'ajouter encore une voix, et alors ça donne une tout autre musique. Mais, là encore, ce n'est pas tout. C'est seulement la main droite, mais dans la gauche il y a l'harmonie. Les accords, autant dire. On va prendre un accord, on dirait que c'est bien, mais pour une oreille fine, alors il n'y a plus de vraie pureté, pas plus que de goût. Non, plus de véritable pureté ! Mais la chanson, surtout si elle est longue, doit avoir son odeur, tout comme la rivière ou la forêt. Moi, voyez-vous, je prends au club des recueils pour l'accordéon. Bon, je joue et je vois : c'est pas ça ! Cela m'empoigne le cœur, je n'en peux plus, vrai, je n'en peux absolument plus et je commence à transposer, à ma façon...

Il me regarda soudain avec suspicion, tâchant de deviner si je ne me moquais pas de lui. Rassuré, il continua, clignant souvent les yeux, remuant les doigts de ses mains brunies.

— J'ai un rêve à moi... Composer une chose pour rendre, voyez-vous, une nuit comme celle-ci. Et pourquoi pas ? Je suis allongé la nuit, près du feu, et alors, dans mes oreilles, vrai, ça joue, vrai, ça prend forme. Voilà comment je composerais : d'abord les violons arriveraient, tout doux, tout doux. Ça, ce serait, on dirait, comme le silence. Ensuite, les violons tiendront encore la note, mais déjà voici que commence à jouer le... comment... le cor anglais qui a un timbre

хриповатым. Заиграет он такую мелодию, что вот закрой глаза и лети над землей куда хочешь, а под тобой всё озера, реки, города и везде тихо, темно. Рожок играет, а виолончели ему другой голос подают, поют они на низких струнах, говорят, вроде как сосны гудят, а скрипки всё свое тянут и тянут тихонько. Тут и другие инструменты вступают и все вместе играют громче и громче: ту-ру-рум, та-та-та... И заиграет весь оркестр необыкновенную музыку! Главное, чтоб там инструменты были, которые, как колокольцы, звенят. Ну, а после надо понемногу инструменты убирать, и будет все тише и тише, и окончат опять же одни скрипки, долго будут тянуть, пока совсем не замрут...

Семен смотрел в темноту, моргал, облизывал пересохшие губы.

— А еще, — продолжал он, — надо будет колокол добавить, чтобы он звонил равномерно. Только потихоньку. А как луна из-за леса выходит, ведь это можно изобразить?.. А назову я ее «Ночь». Или нет! Надо,

un peu rauque. Il commence à jouer une mélodie telle que tu fermes les yeux, et tu voles au-dessus de la terre où tu veux, et au-dessous de toi, que des lacs, des rivières, des villes et partout le silence, l'obscurité. Le cor joue, les violoncelles lui ajoutent une autre voix, ils chantent sur les cordes basses, ils parlent comme bruissent les pins, on dirait, et les violons continuent à tenir la note, ils la tiennent tout doucement. Alors d'autres instruments arrivent, et, tous ensemble, jouent de plus en plus fort : tou-tou-toum, ta-ta-ta... Et tout l'orchestre joue une musique extraordinaire ! L'essentiel est qu'il y ait là les instruments qui sonnent comme des clochettes. Bon, après, il faut retirer peu à peu les instruments, et ce sera de plus en plus faible, et de nouveau les violons, seuls, qui termineront sur une note tenue longtemps jusqu'à ce qu'ils meurent entièrement...

Sémione regarda dans le noir, fronça les sourcils, passa sa langue sur ses lèvres sèches.

— Et puis, poursuivit-il, il faudra ajouter une cloche, pour la faire tinter en cadence. Seulement, tout doux. Et la lune qui sort de derrière la forêt, est-ce qu'on peut la dépeindre ?... J'appellerai ça « La nuit[1] ». Ou bien non ! Il faut

---

[1]. On notera que ce titre (*Ночь*) fait écho au titre que Kazakov a donné à son récit. Il aurait été justifié mais délicat, eu égard au traducteur, de modifier sa traduction erronée du titre du récit.

чтобы покрасивше было... Вот лучше: «Ночная сказка» или «Ночная звезда»... Я вот рассказать вам не могу про ночь и все такое, ну звезды там или туман над рекой. А в музыке я все могу, на сердце щемит у меня, лягу спать — не сплю, а засну — часто такая музыка играет! Проснусь — все хочу вспомнить, и не вспомнишь... Учиться надо, это уж обязательно! Я лебедчиком работаю, лес на берег выкатываю. Сижу я, рычагами кручу, зазвенит лебедка, или автомашина просигналит, или гудок на обед прогудит, а я тренируюсь, звуки определяю, какой звук: «до» там или, может «фа-диез»...

Семен замолчал, смущенно улыбнулся и стал поправлять костер. Неожиданно что-то странное и мощное родилось в воздухе, родилось, нарушило ночную глушь, всколыхнуло настоявшуюся звездную тишину, пронеслось по реке.

— Эге-гееe... — донесся к нам низкий могучий вопль.

Мы сразу повернулись к реке и первое мгновение недоуменно прислушивались. Тишина... И опять незримо пролетел мощный крик:

— Эге-гееe...

que ce soit un peu plus joli ! Voilà qui est mieux
« le Conte de la nuit », ou « l'Étoile de la nuit »...
Moi, voyez-vous, je ne peux pas vous en parler de la
nuit et de tout ce qui s'ensuit, les étoiles, là-bas, ou
bien le brouillard sur la rivière. Mais, en musique,
je peux tout, j'ai le cœur serré, je me couche, je ne
dors pas, mais si je m'endors, c'est souvent qu'une
telle musique se met à jouer ! Je me réveille, je
veux me souvenir de tout, mais pas moyen... Il faut
étudier, ça, c'est indispensable ! Je travaille au
treuil comme mécanicien, je fais rouler le bois
sur la berge. Je suis assis, je manœuvre les leviers,
le treuil ronfle, ou bien c'est une auto qui
klaxonne ou la sirène qui hurle pour le déjeuner,
et moi je m'exerce, je définis les sons, je cherche
si c'est un « do », ou peut-être un « fa dièse »...

Sémione se tut, sourit avec embarras et se mit
à arranger le feu. Soudain, quelque chose
d'étrange et de puissant prit naissance dans
l'air, prit naissance, bouleversa les profondeurs
de la nuit, rompit le silence qui régnait sous les
étoiles et déferla sur la rivière.

— Héhé-héé ! — Un long hurlement, grave
et puissant, parvint jusqu'à nous.

Nous nous retournâmes aussitôt vers la rivière
et, dans un premier temps nous tendîmes
l'oreille sans comprendre. Un silence... Et dere-
chef, de l'invisible, le cri puissant s'envola.

— Héhé-hééé !

— Сплавщики голос пробуют! — облегченно засмеялся Семен. — Правда, здорово? По реке звук далеко разносится. Лодка ночью плывет, так за версту слыхать, как весла скрипят. А то в другой раз такое послышится, что и не поймешь, что такое. Вроде крикнет кто или вздохнет, или вот так тихонько: «тииу, тииу, тиииу».

Он очень похоже изобразил странный звук, который и я часто слышал ночью на берегу рек и болот и никак не мог догадаться, что бы это значило.

— Лешка боится, а я нет, — улыбнулся Семен. — Скучно, правда, одному, а так — хорошо!

— Никого я не боюсь! — сказал вдруг громко Леша и прищурился.

— Не боишься? А ну-ка, сходи сейчас на Хлыстово болото, принеси мне оттуда метелок. Ну? Сходи, сходи!

Леша повел ртом, оглянулся назад в темноту и засмеялся. Семен помолчал немного.

— Народ здесь сильный ужасно, — снова начал он. — Есть ребята силы такой, что

— Des flotteurs de bois qui essayent leur voix ! dit Sémione soulagé, en éclatant de rire. Fameux, pas vrai ? Le son se propage loin sur la rivière. Une barque vogue la nuit, et on entend, à une verste de distance, grincer les rames. Par contre, d'autres fois, on entend quelque chose, on se demande ce que c'est. On dirait quelqu'un qui crie, ou qui soupire, ou qui fait comme ça, tout doucement : « Tiou, tiou, tiou. »

Il imita de façon très ressemblante le son étrange que j'avais moi aussi souvent entendu la nuit au bord des rivières et des marais, sans jamais réussir à deviner ce que cela pouvait signifier.

— Liochka a peur, mais moi non, fit Sémione en souriant, on s'ennuie, pas vrai, tout seul, mais comme ça, on est bien !

— Je n'ai peur de personne, dit soudain Liochka très haut en fronçant le sourcil.

— Tu n'as pas peur ? Alors, va donc maintenant faire un tour au marais de Khlyst et rapporte-moi de là-bas de quoi faire un balai. Eh bien ! Vas-y, vas-y !

Liochka remua les lèvres, regarda derrière lui, dans le noir, et éclata de rire. Sémione resta un moment silencieux.

— Les gens ici sont terriblement forts, reprit-il. Il y a des gars d'une force telle qu'ils

хоть кого хочешь побьют. Вы думаете, этот сплавщик по делу кричал? А он просто так: на берег выйдет и орет, слушает, как его голос по лесам раздается.

— Дядь, а дядь! Стрельните! — попросил внезапно Леша и жадно посмотрел на мое ружье.

— А ты сам стрельни, — ответил я, подавая ему ружье.

— Баловство! — недовольно сказал Семен. — Только патрону перевод.

Но в глазах его зажглось такое же, как и у Леши, острое любопытство. Леша огляделся, увидел высокий осиновый пень невдалеке и через секунду уже старательно укреплял на этом пне свою старую шапку.

— Погоди! — строго остановил его Семен. — Сейчас огонь раздуем, виднее будет.

Он навалил на костер хворосту. Пламя померкло, пополз густой розовый дым, потом тонкие голубоватые язычки стали там и сям выскакивать наверх, наконец сразу занялась вся куча.

— Давай! — скомандовал Семен и, отгородившись от огня ладонью, уставился на пень с шапкой.

rosseraient qui vous voulez. Vous croyez que ce conducteur de bois criait par nécessité ? Mais non, lui, c'est seulement comme ça : il va descendre sur la berge, gueuler, et il écoute sa voix se répercuter dans les bois.

— Oncle ! dites, oncle ! Tirez ! demanda soudain Liochka, en regardant avidement mon fusil.

— Eh bien ! tire toi-même, répondis-je, en lui donnant l'arme.

— Vous le gâtez, remarqua Sémione mécontent, une cartouche gaspillée et c'est tout !

Mais dans ses yeux s'était allumée la même vive curiosité qui brillait dans ceux de Liochka. Celui-ci regarda autour de lui, aperçut, pas très loin, une haute souche de tremble et, une seconde plus tard, y fixait avec soin sa vieille toque.

— Attends ! fit sévèrement Sémione en l'arrêtant. On va raviver le feu, on verra plus clair.

Il couvrit le feu de bois mort. La flamme pâlit, une épaisse fumée rose rampa au ras du sol, puis de fines petites langues bleuâtres commencèrent à pointer de-ci et de-là en surface, enfin toute la masse s'enflamma d'un seul coup.

— Vas-y ! commanda Sémione, puis, en se protégeant du feu avec la main, il regarda fixement la souche et la toque.

Леша стал целиться. Целился он страшно долго, шмыгал носом, переводил дыхание, смотрел на курок, на палец... Ожидание выстрела становилось тягостным, и я заметил, как напряглась у Семеня рука, а глаза прищурились, будто он смотрел на яркий свет.

— Да скоро ты... — не выдержал он.

Но в этот момент ружье в руках Леши подбросило вверх, сверкнул длинный голубоватый сноп пламени, оглушительно бахнул выстрел, шапка исчезла, а эхо пошло перекатами по реке и лесам. Наверху испуганно всхрапнула лошадь, зазвенело ботало, затрещали кусты. Леша бросил еще дымившееся ружье и стремительно кинулся в темноту.

— Здорово! — восхитился Семен и потянулся навстречу Леше, возвращавшемуся с шапкой. — Вот это бьет!

Шапка была торжественно исследована при свете костра. В нее попало несколько крупных дробин, и вата клочьями торчала из подкладки.

Семен задумался.

— Знаете что? — обратился он ко мне. — Хотите, поведу я вас на такое место, в каком отродясь никакие охотники не бывали? Возьму отгул, у дяди ружье выпрошу.

Liochka se mit à viser. Il visa terriblement longtemps, renifla, reprit son souffle, regarda le chien du fusil, son doigt... L'attente du coup de feu devint pénible, et je remarquai que la main de Sémione s'était crispée, qu'il clignait des yeux, comme s'il regardait une lumière éclatante.

— Alors, tu te dépêches ? s'exclama-t-il, n'y tenant plus.

Mais à ce moment le fusil, dans les mains de Liochka, se releva, une longue gerbe de flammes bleuâtre brilla, la détonation claqua dans un fracas assourdissant, la toque disparut, et l'écho se répercuta, par roulements, dans les bois et sur la rivière. Tout en haut, le cheval s'ébroua de frayeur, on entendit une cavalcade, les buissons craquèrent. Liochka jeta le fusil encore fumant et se précipita dans les ténèbres.

— Fameux ! s'extasia Sémione, en courant à la rencontre de Liocha, qui revenait avec sa toque, ça, ça tire juste !

La toque fut solennellement inspectée à la lueur du feu. Elle avait été touchée par plusieurs gros grains de plomb, et la ouate, en lambeaux, sortait de la doublure.

Sémione resta pensif.

— Vous savez quoi ? fit-il en s'adressant à moi. Si vous voulez, je vous conduis dans un endroit où aucun chasseur n'est jamais allé ? Je prendrai un congé, j'emprunterai un fusil à mon oncle,

эх, и закатимся мы с вами дня на два! Тайное место, птица там непуганая. Идешь по лесу — направо рябчики, тетери, глухари, налево — озеро, а на том озере гуси и крякуши открыто плавают и на выстрел допускают близко, а после выстрела никуда с озера не улетают, только отлетывают малость. Там я был один раз с дядей и дорогу туда помню. Никого там нету: ни охотников, ни ягодниц, а только одни медведи по малину ходят. Медведи смирные, из-за кустов поглядывают. А брусника там растет такая, что ежели выйти на гарь да поверху кочек глянуть, то все кочки кажутся красными. Земляника растет, и землянику ту никто не берет, и вся она черная, переспелая и такая сладкая — слаще сахара! Войдешь в смородиновые кусты — такой в них крепкий дух, что голова кружится. А ежели по кустам идешь, то тетери и глухари совсем близко подпускают, а потом только — тых, тых, тых! — взлетают, и ветер от них аж в лицо дует. Еще там белки в лесу скачут, только они сейчас рыжие, шерсть у них никудышная, и мы их не бьем.

eh ! eh ! et nous ferons une virée, vous et moi, pendant deux jours ! C'est un coin secret : là-bas l'oiseau n'a pas peur. Vous marchez dans la forêt, sur votre droite des gelinottes, des tétras, des coqs de bruyère ; sur votre gauche, un lac, et sur ce lac, des oies, des canards sauvages nagent à découvert, vous laissent approcher tout près pour les tirer et, après le coup de fusil, ne s'envolent pas du lac mais ne font que se déplacer un peu plus loin. J'ai été là-bas une fois avec mon oncle, et je me souviens du chemin. Il n'y a personne, là-bas, ni chasseurs, ni ramasseuses de baies, tout juste des ours en quête de framboises. Les ours sont paisibles, ils vous regardent de derrière les buissons. Il y pousse des airelles rouges en telle quantité que si on débouche dans le bois brûlé et qu'on regarde le dessus des mottes, alors toutes les mottes paraissent rouges. La fraise s'y plaît, et, cette fraise-là, personne ne la cueille, elle est toute noire, trop mûre, tellement douce, plus douce que du sucre ! Quand on entre dans les buissons de groseilliers, l'odeur est si forte que la tête vous tourne. Si on prend par les buissons, alors tétras et coqs de bruyère vous laissent approcher tout près et puis seulement alors — tyk, tyk, tyk ! ils prennent leur vol, et le vent qu'ils brassent vous souffle au visage. Il y a encore là-bas des écureuils qui bondissent dans la forêt, mais en ce moment ils sont roux, leur fourrure ne vaut rien et nous ne les tirons pas.

А еще там под косогором, ежели через завалы переберешься, овраг перелезешь да вниз спустишься, родник есть, ключ по-нашему, и сколько я разной воды перепил, но такой никогда не пил, и вода там, надо думать, лечебная...

Леша тем временем все крепился, крепился, не выдержал, жалко скривил лицо, шмыгнул носом и затянул отчаянно:

— Семе-ен...

— Ну? — Семен с удивлением посмотрел на брата.

— Семен, возьми меня-я... — тянул Леша, и было видно, что страдает он невыносимо.

— Как? Взять? — с сомнением спросил меня Семен.

Большие мокрые глаза Леши тотчас уставились на меня. Я задумался. Я думал долго и мрачно.

— Взять? — снова с сомнением повторил Семен и критически осмотрел Лешу. Тот покривился и крепко сжал задрожавшие губы.

— Возьмем! — решил я наконец.

Леша тоненько засмеялся, вскочил и вытер длинным рукавом глаза.

Là-bas encore, à flanc de coteau, si on passe par les coupes, on franchit un ravin, on redescend, et il y a une source, une fontaine, comme nous disons. J'en ai bu des eaux de toutes sortes, mais une comme celle-là, je n'en ai encore jamais trouvé et l'eau, là-bas, faut croire, est bonne pour la santé...

Liochka qui, pendant ce temps, avait tenu bon, tenu bon, n'y tint plus, fit une grimace pitoyable, renifla et s'écria avec désespoir, en étirant les syllabes :

— Sé-mi-one...

— Eh bien ? dit Sémione étonné en regardant son frère.

— Sémione, emmè-ène-moi, fit Liocha. — C'était évident, il souffrait de façon intolérable.

— Qu'est-ce qu'on fait ? On l'emmène ? me demanda Sémione dubitatif.

Les grands yeux humides de Liochka se fixèrent aussitôt sur moi. Je me plongeai dans mes réflexions. Je réfléchis longtemps d'un air sombre.

— On l'emmène ? demanda de nouveau Sémione dubitatif, en examinant son frère d'un air critique. Liochka se crispa, il serra fortement ses lèvres tremblantes.

— Emmenons-le, décidai-je enfin.

Liochka eut un léger rire, bondit et s'essuya les yeux avec une de ses longues manches.

— Ага! — торжествующе закричал он. — А вот и пойду, а вот и пойду!

И он, победоносно глядя на Семена, стал приплясывать возле костра, на разные лады повторяя: «Что? А вот и пойду! Что! А вот и пойду!»

Я оглянулся. Небо на востоке посветлело и чуть отливало зеленью. Пала роса, и воздух посвежел. Деревья определились. Нет, света еще не было, но с каждой минутой все виднее становились отдельные кусты, ветки, елки, даже шишки. Ночь кончилась, наступал самый ранний полурассвет, то время утра, когда петухи в деревне, хрипло прокричав свое «ку-ка-ре-ку», еще крепче засыпают.

Мне пора было идти. Я взял ружье и попрощался с ребятами.

Едва я отошел от костра, как сырой холодный воздух охватил меня со всех сторон и сапоги заблестели от росы. Сорока неслышно сорвалась с вершины белесой ели, быстро и молча полетела, ныряя на лету, на восток, навстречу рассвету.

Я успел уже порядочно отойти — взобрался на гриву,

— Ah ! ah ! cria-t-il triomphant. Ça y est, moi aussi j'irai, ça y est, moi aussi j'irai !

Et tout en regardant Sémione d'un air victorieux, il se mit à danser près du feu, en répétant sur tous les tons : « Quoi ? Ça y est, moi aussi j'irai ! Quoi ! Ça y est, moi aussi j'irai ! »

Je regardai autour de moi. À l'orient, le ciel commençait à s'éclaircir et tirait légèrement sur le vert. La rosée tombait, et l'air devenait plus frais. Les arbres se dessinaient plus nettement. Non, il ne faisait pas encore clair mais, à chaque minute, on voyait de plus en plus nettement les buissons, les branches, les sapins, même les pommes de pin. La nuit était finie, le clair-obscur qui devance le point du jour s'installait, ce moment du matin où les coqs, au village, après avoir lancé leur cocorico, se rendorment encore plus profondément.

Il était temps, pour moi, de partir. Je pris mon fusil et dis adieu aux garçons.

À peine m'étais-je écarté du feu, qu'un air humide et froid m'enveloppa de tous côtés, et mes bottes étincelèrent de rosée. Une pie se détacha sans bruit de la cime d'un sapin blanchâtre, vola, rapide et silencieuse, plongeant en vol, en direction de l'est, à la rencontre du soleil levant.

J'avais déjà eu le temps de m'éloigner à assez bonne distance, j'avais escaladé une crête,

отыскал тропу и зашагал к озеру, когда меня опять настигла песня Семена. И снова не разобрать было слов, не уловить мелодии, но я знал теперь, что песня эта прекрасна и поэтична, потому что рождена чистым талантом, красотой меркнущих звезд, великой тишиной и ароматом увядающего лета.

— Аааа... Ооооаа... — дрожал далекий человеческий голос, а внизу подо мной сонно журчала река, тихонько стукались друг о друга плывущие по воде бревна, и мне казалось почему-то, что на реке, скрываясь в полупрозрачных завитках тумана, тихо сидит в лодке мудрый человек и стукает обухом топора по плывущим мимо бревнам, стараясь по звуку угадать их крепость и чистоту.

découvert un sentier et me dirigeais vers le lac, quand la chanson de Sémione me rejoignit de nouveau. Encore une fois, il n'était pas possible de distinguer les paroles, de saisir la mélodie, mais je savais maintenant que cette chanson était belle et poétique, parce que enfantée par un pur talent, par la beauté des étoiles pâlissantes, par le calme majestueux et l'arôme de l'été qui se fanait.

— Aaaaa... Ooaa..., fit une lointaine voix humaine qui tremblait tandis que, en bas, au-dessous de moi, la rivière ensommeillée gazouillait, les rondins se heurtaient doucement l'un contre l'autre en flottant sur l'eau, et il me semblait, je ne sais pourquoi, que sur la rivière, caché derrière les volutes à demi transparentes du brouillard, un homme sage était paisiblement assis dans une barque et frappait avec la tête d'une hache les rondins qui voguaient près de lui, s'efforçant d'évaluer, au son, leur solidité et leur pureté.

1955

Préface de Lily Denis 7

На полустанке / La petite gare 17
Тихое утро / Une matinée tranquille 39
Ночь / Nocturne 91

DU MÊME AUTEUR

Dans la collection Folio

LA BELLE VIE (n° 1134)

DANS LA MÊME COLLECTION

ANGLAIS

BARNES *Letters from London (selected letters)* / Lettres de Londres (choix)
CAPOTE *One Christmas / The Thanksgiving visitor* / Un Noël / L'invité d'un jour
CAPOTE *Breakfast at Tiffany's* / Petit déjeuner chez Tiffany
CAPOTE *Music for Chameleons* / Musique pour caméléons
COLLECTIF (Fitzgerald, Miller) Charyn *New York Stories* / Nouvelles new-yorkaises
COLLECTIF (Martin Amis, Graham Swift, Ian McEwan) *Contemporary English Stories* / Nouvelles anglaises contemporaines
CONAN DOYLE *Silver Blaze and other adventures of Sherlock Holmes* / Étoile d'argent et autres aventures de Sherlock Holmes
CONAN DOYLE *The Man with the Twisted Lip and other adventures of Sherlock Holmes* / L'homme à la lèvre tordue et autres aventures de Sherlock Holmes
CONRAD *Gaspar Ruiz* / Gaspar Ruiz
CONRAD *Heart of Darkness* / Au cœur des ténèbres
CONRAD *The Duel* / Le duel
CONRAD *The Secret Sharer* / Le Compagnon secret
CONRAD *Typhoon* / Typhon
CONRAD *Youth* / Jeunesse
DAHL *The Great Switcheroo / The Last Act* / La grande entourloupe / Le dernier acte
DAHL *The Princess and the Poacher / Princess Mammalia* / La Princesse et le braconnier / La Princesse Mammalia
DAHL *The Umbrella Man and other stories* / L'homme au parapluie et autres nouvelles
DICK *Minority Report / We Can Remember It for You Wholesale* / Rapport minoritaire / Souvenirs à vendre
DICKENS *A Christmas Carol* / Un chant de Noël
DICKENS *The Cricket on the Hearth* / Le grillon du foyer
FAULKNER *A Rose for Emily / That Evening Sun / Dry September* / Une rose pour Emily / Soleil couchant / Septembre ardent
FAULKNER *As I lay dying* / Tandis que j'agonise
FAULKNER *The Wishing Tree* / L'Arbre aux Souhaits
FITZGERALD *Tales of the Jazz Age (selected stories)* / Les enfants du jazz (choix)

FITZGERALD *The Crack-Up and other short stories* / La fêlure et autres nouvelles
HARDY *Two Stories from Wessex Tales* / Deux contes du Wessex
HEMINGWAY *Fifty Grand and other short stories* / Cinquante mille dollars et autres nouvelles
HEMINGWAY *The Northern Woods* / Les forêts du Nord
HEMINGWAY *The Snows of Kilimanjaro and other short stories* / Les neiges du Kilimandjaro et autres nouvelles
HEMINGWAY *The Old Man and the Sea* / Le vieil homme et la mer
HIGGINS *Harold and Maude* / Harold et Maude
JAMES *Daisy Miller* / Daisy Miller
JAMES *The Birthplace* / La Maison natale
JAMES *The last of the Valerii* / Le dernier des Valerii
KEROUAC *Lonesome Traveler (selected stories)* / Le vagabond solitaire (choix)
KEROUAC *Satori in Paris* / Satori à Paris
KIPLING *Stalky and Co.* / Stalky et Cie
KIPLING *Wee Willie Winkie* / Wee Willie Winkie
LAWRENCE *Daughters of the Vicar* / Les filles du pasteur
LAWRENCE *The Virgin and the Gipsy* / La vierge et le gitan
LONDON *The Call of the Wild* / L'appel de la forêt
LONDON *The Son of the Wolf and other tales of the Far North* / Le Fils du Loup et autres nouvelles du Grand Nord
LOVECRAFT *The Dunwich Horror* / L'horreur de Dunwich
MANSFIELD *The Garden Party and other stories* / La garden-party et autres nouvelles
MELVILLE *Benito Cereno* / Benito Cereno
MELVILLE *Bartleby the Scrivener* / Bartleby le scribe
ORWELL *Animal Farm* / La ferme des animaux
POE *Mystification and other tales* / Mystification et autres contes
POE *The Murders in the Rue Morgue and other tales* / Double assassinat dans la rue Morgue et autres histoires
RENDELL *The Strawberry Tree* / L'Arbousier
SHAKESPEARE *Famous scenes* / Scènes célèbres
STEINBECK *The Pearl* / La perle
STEINBECK *The Red Pony* / Le poney rouge
STEVENSON *The Rajah's Diamond* / Le diamant du rajah
STEVENSON *The strange case of Dr Jekyll and Mr Hyde* / L'étrange cas du Dr Jekyll et M. Hyde
STYRON *Darkness Visible* / *A Memoir of Madness* / Face aux ténèbres / Chronique d'une folie

SWIFT *A voyage to Lilliput* / Voyage à Lilliput
TWAIN *Is he living or is he dead ? and other short stories* / Est-il vivant ou est-il mort ? et autres nouvelles
UHLMAN *Reunion* / L'ami retrouvé
WELLS *The Country of the Blind and other tales of anticipation* / Le Pays des Aveugles et autres récits d'anticipation
WELLS *The Time Machine* / La Machine à explorer le temps
WILDE *A House of Pomegranates* / Une maison de grenades
WILDE *The Portrait of Mr. W. H.* / Le portrait de Mr. W. H.
WILDE *Lord Arthur Savile's crime* / Le crime de Lord Arthur Savile
WILDE *The Canterville Ghost and other short fictions* / Le Fantôme des Canterville et autres contes

ALLEMAND

ANONYME *Wunderbare Reisen des Freiherrn von Münchhausen* / Les merveilleux voyages du baron de Münchhausen
BERNHARD *Der Stimmenimitator (Auswahl)* / L'imitateur (choix)
BÖLL *Der Zug war pünktlich* / Le train était à l'heure
CHAMISSO *Peter Schlemihls wundersame Geschichte* / L'étrange histoire de Peter Schlemihl
EICHENDORFF *Aus dem Leben eines Taugenichts* / Scènes de la vie d'un propre à rien
FREUD *Selbstdarstellung* / Sigmund Freud présenté par lui-même
FREUD *Die Frage der Laienanalyse* / La question de l'analyse profane
FREUD *Das Unheimliche und andere Texte* / L'inquiétante étrangeté et autres textes
FREUD *Eine Kindheitserinnerung des Leonardo da Vinci* / Un souvenir d'enfance de Léonard de Vinci
GOETHE *Die Leiden des jungen Werther* / Les souffrances du jeune Werther
GOETHE *Faust* / Faust
GRIMM *Märchen* / Contes
GRIMM *Das blaue Licht und andere Märchen* / La lumière bleue et autres contes
HANDKE *Die Lehre der Sainte-Victoire* / La leçon de la Sainte-Victoire
HANDKE *Kindergeschichte* / Histoire d'enfant
HANDKE *Lucie im Wald mit den Dingsdda* / Lucie dans la forêt avec les trucs-machins

HOFFMANN *Der Sandmann* / Le marchand de sable
HOFMANNSTHAL *Andreas* / Andréas
KAFKA *Die Verwandlung* / La métamorphose
KAFKA *Brief an den Vater* / Lettre au père
KAFKA *Ein Landarzt und andere Erzählungen* / Un médecin de campagne et autres récits
KAFKA *Beschreibung eines Kampfes / Forschungen eines Hundes* / Description d'un combat / Les recherches d'un chien
KLEIST *Die Marquise von O... / Der Zweikampf* / La marquise d'O... / Le duel
KLEIST *Die Verlobung in St. Domingo / Der Findling* / Fiançailles à Saint-Domingue / L'enfant trouvé
MANN *Tonio Kröger* / Tonio Kröger
MORIKE *Mozart auf der Reise nach Prag* / Un voyage de Mozart à Prague
RILKE *Geschichten vom lieben Gott* / Histoires du Bon Dieu
RILKE *Zwei Prager Geschichten* / Deux histoires pragoises
SCHLINK *Der Andere* / L'autre
WALSER *Der Spaziergang* / La promenade

RUSSE

BABEL *Одесскне рассказы* / Contes d'Odessa
BOULGAKOV *Роковые яица* / Les Œufs du Destin
DOSTOÏEVSKI *Записки из подполья* / Carnets du sous-sol
DOSTOÏEVSKI *Кроткая / Сон смешного человека* / Douce / Le songe d'un homme ridicule
GOGOL *Записки сумасшедшего / Нос / Шинель* / Le journal d'un fou / Le nez / Le manteau
GOGOL *Портрет* / Le portrait
GORKI *Мой спутник* / Mon compagnon
KAZAKOV *На полустанке и другие рассказы* / La petite gare et autres récits
LERMONTOV *Герой нашего времени* / Un héros de notre temps
OULITSKAÏA *Сонечка* / Sonietchka
POUCHKINE *Пиковая дама* / La Dame de pique
POUCHKINE *Дубровского* / Doubrovski
TCHEKHOV *Дама с собачкой / Архиерей / Невеста* / La dame au petit chien / L'évêque / La fiancée

TCHEKHOV *Палата N° 6* / Salle 6
TOLSTOÏ *Дьявол* / Le Diable
TOLSTOÏ *Смерть Ивана Ильича* / La Mort d'Ivan Ilitch
TOLSTOÏ *Крейцерова соната* / La sonate à Kreutzer
TOURGUENIEV *Первая любовь* / Premier amour
TOURGUENIEV *Часы* / La montre
TYNIANOV *Подпоручик Киже* / Le lieutenant Kijé

ITALIEN

BARICCO *Novecento. Un monologo* / Novecento : pianiste. Un monologue
BASSANI *Gli occhiali d'oro* / Les lunettes d'or
BOCCACE *Decameron, nove novelle d'amore* / Décameron, neuf nouvelles d'amour
CALVINO *Fiabe italiane* / Contes italiens
D'ANNUNZIO *Il Traghettatore ed altre novelle della Pescara* / Le passeur et autres nouvelles de la Pescara
DANTE *Divina Commedia* / La Divine Comédie (extraits)
DANTE *Vita Nuova* / Vie nouvelle
GOLDONI *La Locandiera* / La Locandiera
GOLDONI *La Bottega del caffè* / Le Café
MACHIAVEL *Il Principe* / Le Prince
MALAPARTE *Il Sole è cieco* / Le Soleil est aveugle
MORANTE *Lo scialle andaluso ed altre novelle* / Le châle andalou et autres nouvelles
MORAVIA *L'amore conjugale* / L'amour conjugal
PASOLINI *Racconti romani* / Nouvelles romaines
PAVESE *La bella estate* / Le bel été
PAVESE *La spiaggia* / La plage
PIRANDELLO *Novelle per un anno I (scelta)* / Nouvelles pour une année I (choix)
PIRANDELLO *Novelle per un anno II (scelta)* / Nouvelles pour une année II (choix)
PIRANDELLO *Sei personaggi in cerca d'autore* / Six personnages en quête d'auteur
PIRANDELLO *Vestire gli ignudi* / Vêtir ceux qui sont nus

SCIASCIA *Il contesto* / Le contexte
SVEVO *Corto viaggio sentimentale* / Court voyage sentimental
VASARI/CELLINI *Vite di artisti* / Vies d'artistes
VERGA *Cavalleria rusticana ed altre novelle* / Cavalleria rusticana et autres nouvelles

ESPAGNOL

ASTURIAS *Leyendas de Guatemala* / Légendes du Guatemala
BORGES *El libro de arena* / Le livre de sable
BORGES *Ficciones* / Fictions
CALDERÓN DE LA BARCA *La vida es sueño* / La vie est un songe
CARPENTIER *Concierto barroco* / Concert baroque
CARPENTIER *Guerra del tiempo* / Guerre du temps
CERVANTES *Novelas ejemplares (selección)* / Nouvelles exemplaires (choix)
CERVANTES *El amante liberal* / L'amant généreux
CERVANTES *El celoso extremeño / Las dos doncellas* / Le Jaloux d'Estrémadure / Les Deux Jeunes Filles
COLLECTIF (Fuentes, Pitol, Rossi) *Escritores mexicanos* / Écrivains mexicains
CORTÁZAR *Historias inéditas de Gabriel Medrano* / Histoires de Gabriel Medrano
CORTÁZAR *Las armas secretas* / Les armes secrètes
CORTÁZAR *Queremos tanto a Glenda (selección)* / Nous l'aimions tant, Glenda (choix)
FUENTES *Las dos orillas* / Les deux rives
FUENTES *Los huos del conquistador* / Les fils du conquistador
GARCIA LORCA *Mi pueblo y otros escritos* / Mon village et autres textes
RULFO *El Llano en llamas (selección)* / Le Llano en flammes (choix)
UNAMUNO *Cuentos (selección)* / Contes (choix)
VARGAS LLOSA *Los cachorros* / *Les chiots*

PORTUGAIS

EÇA DE QUEIROZ *Singularidades de uma rapariga loira* / Une singulière jeune fille blonde
MACHADO DE ASSIS *O alienista* / L'aliéniste

Composition Darantière.
Impression CPI Bussière
à Saint-Amand (Cher), le 4 mai 2009.
Dépôt légal : mai 2009.
Numéro d'imprimeur : 091446/1.
ISBN 978-2-07-036219-6./Imprimé en France.

163757